KB005665

채근담과 더불어

정태성

머리말

어릴 적 어머니께서 하신 말씀 중에 가장 기억에 남는 것 중 하나는 “물방울이 떨어져 바위를 뚫는다”라는 것이었습니다. 이 말은 제가 살아오면서 힘들고 어려운 일이 있을 때마다 커다란 힘과 용기가 되어주었습니다.

나중에 이 말에 채근담에 나오는 것을 알았고, 그 이후로 시간이 날 때마다 채근담을 옆에 두고 읽어왔습니다. 지혜가 담긴 책은 단지 한번 읽고 끝내는 것이 아니라 거듭거듭 읽을수록 좋은 것 같습니다. 읽을 때마다 새로운 것을 느끼고 배우게 되었습니다.

여러 번 읽었지만, 앞으로도 반복하여 계속 읽어나갈 생각입니다. 다른 분들께 조그만 도움이라도 되었으면 좋겠습니다.

2023. 8

차례

1. 영원히 처량하기보다 일시 적막하라

棲守道德, 寂寞一時. 依阿權勢者, 凄凉萬古.
서수도덕자 적막일시 의아권세자 처량만고
達人觀物外之物, 思身後之身.
달인관물외지물 사신후지신
寧受一時之寂寞, 毋取萬古之凄凉.
영수일시지적막 무취만고지처량

도리를 지키면서 사는 사람은 한때 적막하지만
권세에 의지하여 아첨하는 이는 영원토록 처량하다
깨달은 사람은 사물의 밖에 있는 사물을 보며
자신의 뒤에 있는 자기를 생각한다
차라리 한 때의 적막함을 겪을지라도
영원히 처량함을 당하지 말라

2. 세상 경험이 적을수록 깨끗하다

涉世淺 , 點染亦淺 . 歷事深 , 機械亦深 .

섭세천 , 점염역천 . 역사심 , 기계역심 .

故君子 與其達練 , 不若朴魯 . 與其曲謹 , 不若疎狂 .

고군자 여기달련 , 불약박로 . 여기곡근 , 불약소광 .

세상일에 경험이 깊지 않을수록
그만큼 때묻지 않을 것이고,
세상일에 경험이 깊을수록
남을 속이는 재주 또한 깊어진다.
그러므로 군자는
능란하기보다는 차라리 소박한 것이 낫고
치밀하기보다는 오히려 소탈한 편이 낫다.

3. 마음은 보이되 재주는 감추어라

君子之心事，天青日白，不可使人不知．
군자지심사，천청일백，불가사인부지．
君子之才華，玉온珠藏，不可使人易知．
군자지재화，옥온주장，불가사인이지．

참된 사람은 마음을
하늘처럼 푸르고 태양처럼 밝게 하여
모든 사람이 알 수 있게 해야 한다.
그러나 자신의 재주와 지혜는
옥돌이 바위 속에 박혀 있고,
진주가 바다 깊이 잠겨 있는 것처럼
남들이 쉽게 알지 못하게 하라.

4. 물들지 않는 자가 가장 깨끗하다

勢利紛華 , 不近者爲潔 . 近之而不染者爲尤潔 .
세리분화 , 불근자위결 . 근지이불염자위우결 .
智械機巧 , 不知者爲高 . 知之而不用者爲尤高 .
지계기교 , 부지자위고 . 지지이불용자위우고 .

권력과 명예, 이익과 사치를
가까이하지 않는 사람은 깨끗하다.
그것을 가까이 하더라도
물들지 않는 사람은 더욱 깨끗하다.
권모술수를 모르는 사람은
마음이 높은 사람이다.
그것을 알더라도 사용하지 않는
사람은 더욱 마음이 높은 사람이다.

5. 거슬리는 모든 것은 나를 닦는 숫돌이다

耳中常聞逆耳之言, 心中常有拂心之事 ,
이중상문역이지언 , 심중상유불심지사 ,
總是進德修行的砥石 .
총시진덕수행적지석 .
若言言悅耳 事事快心 , 便把此生 , 埋在짐毒中矣 .
약언언열이 사사쾌심 , 편파차생 , 매재짐독중의 .

귀로는 항상 귀에 거슬리는 말을 듣고,
마음속에는 항상 마음에 거슬리는 일이 있다면
그것은 곧 덕을 발전시키고 행실을 갈고 닦는 숫돌과 같다.
만약 말마다 귀를 기쁘게 해 주고,
일마다 마음을 즐겁게 해 준다면
그것은 곧 인생을
무서운 독극물 속에 파묻는 것과 같다.

6. 즐거운 기분으로 살아라

疾風怒雨，禽鳥戚戚．霽日光風，草木欣欣．
질풍노우，금조척척．제일광풍，초목흔흔．
可見天地不可一日無和氣 人心不可一日無喜神．
가견천지불가일일무화기 인심불가일일무희신．

세찬 바람과 성난 빗줄기에는 새들도 근심하고,
개인 날씨와 맑은 바람에는 초목도 싱그러우니.
천지에는 하루도 화기 없어서는 안 되고.
사람의 마음에는 하루도
즐거워하는 기분이 없어서는 안 된다.

7. 담백한 것이 참다운 맛이다

醲肥辛甘非眞味 . 眞味只是淡 .
예비신감비진미 . 진미지시담 .
神奇卓異非至人 . 至人只是常 .
신기탁이비지인 . 지인지시상 .

진한 술과 기름진 고기, 맵거나 단 것은
참다운 맛이 아니다.
참다운 맛은 오직 담담할 뿐이다.
신기하고 뛰어난 재주를 가지고 있다고 해서
지극한 경지에 이른 사람이 아니다.
지극한 사람은 오직 평범할 뿐이다.

8. 바쁠 때일수록 여유를 가져라

天地寂然不動，而氣機無息少停．
천지적연부동，이기기무식소정．
日月晝夜奔馳，而貞明萬古不易．
일월주야분치，이정명만고불이．
故君子 閒時要有喫緊的心事，忙處要有悠閒的趣味．
고군자 한시요유끽긴적심사，망처요유유한적취미．

천지는 고요하여 움직이지 않으나
그 작용은 쉬지 않고,
해와 달은 밤낮으로 분주하게 움직여도
그 밝음은 만고에 변하지 않는다.
그러므로 사람은 한가한 때일수록
다급한 일에 대처하는 마음을 마련하고,
바쁜 때일수록 여유 있는 마음을 가져야 한다.

9. 홀로 고요히 마음을 살피면 진실이 보인다

夜深人靜 , 獨坐觀心 ,

야심인정 , 독좌관심 ,

始覺妄窮而眞獨露 , 每於此中 , 得大機趣 .

시각망궁이진독로 , 매어차중 , 득대기취 .

旣覺眞現而妄難逃 , 又於此中 , 得大참뉴 .

기각진현이망난도 , 우어차중 , 득대참뉴 .

밤이 깊어 인적 고요한 때에

홀로 제 마음을 살피노라면

거짓은 사라지고 진실만이 나타남을 깨닫게 된다.

이러한 속에서

자유자재한 마음의 움직임을 체득할 것이다.

진실이 나타났음에도

거짓이 사라지지 않음을 깨닫게 되면

이 가운데서 크나큰 부끄러움을 체득하게 될 것이다.

10. 만족스러울 때 머리 돌려 주위를 보라

恩裡，由來生害．故快意時，須早回頭．
은리，유래생해．고쾌의시，수조회두．
敗時，或反成功．故拂心處，莫便放手．
패시，혹반성공．고불심처，막변방수．

예로부터 재앙은
은혜 속에서 자라나나니,
만족스러운 때에 빨리 머리를 돌려 주위를 보라.
실패한 뒤에 오히려 성공할 수도 있나니,
일이 뜻대로 되지 않는다 하여
서둘러 포기하지 말라.

11. 부귀를 탐하면 지조를 잃는다

藜口현腸者，多氷淸玉潔．袞衣玉食者，甘婢膝奴顔．
여구현장자，다빙청옥결．곤의옥식자，감비슬노안．
蓋志以澹泊明，而節從肥甘喪也．
개지이담박명，이절종비감상야．

명아주를 먹고 비름으로 배를 채우는 사람은
얼음같이 맑고 옥처럼 깨끗함이 많지만,
비단옷 입고 좋은 음식 먹는 사람은
종처럼 비굴하게 아첨함도 마다하지 않는다.
뜻은 담백함으로써 뚜렷해지고
지조란 부귀를 탐하면 잃고 마는 것이다.

12. 마음을 활짝 열어 너그럽게 하라

面前的田地，要放得寬，使人無不平之歎．
면전적전지，요방득관，사인무불평지탄．
身後的惠澤，要流得久，使人有不匱之思．
신후적혜택，요류득구，사인유불궤지사．

살아 있을 때의 마음은
활짝 열어 너그럽게 하여
사람들로 하여금 불평하지 않도록 하라.
죽은 후의 혜택은
오래도록 흐르게 하여
사람들로 하여금 부족한 느낌이 없게 하라.

13. 가장 편안한 처세는 배려하는 것이다

徑路窄處，留一步與人行．滋味濃的，減三分讓人嗜．
경로착처，유일보여인행．자미농적，감삼분양인기．
此是涉世一極安樂法．
차시섭세일극안락법．

작고 좁은 길에서는
한 걸음쯤 멈추어 남을 먼저 가게 하라.
맛있는 음식은
삼등분으로 덜어서
다른 사람에게 나누어 즐기게 하라.
이것이 세상살이의 가장 안락한 방법 중의 하나이다.

14. 마음에 욕심이 없으면 성인이 될 수 있다

作人，無甚高遠事業，擺脫得俗情，便入名流．
작인，무심고원사업，파탈득속정，변입명류．
爲學，無甚增益工夫，減除得物累，便超聖境．
위학，무심증익공부，감제득물루，변초성경．

사람으로서 뛰어나게 위대한 일은 못 하더라도
세속의 정에서 벗어날 수 있다면
명사라 일컬을 수 있다.
학문을 연마하되 뛰어나게 공부하지 못하더라도
물욕을 마음에서 덜어낼 수 있다면
성인의 경지에까지 이르게 된다.

15. 순수한 본 마음을 지녀야 한다

交友，須帶三分俠氣．作人，要存一點素心．
교우，수대삼분협기．작인，요존일점소심．

벗을 사귐에는
반드시 삼분의 의협심을 지녀야 하고,
사람이 되는 길에는
반드시 한 점의 본마음을 지녀야 한다.

16. 받아서 누림에는 분수를 넘지 말라

寵利 , 毋居人前 . 德業 , 毋落人後 .
총리 , 무거인전 . 덕업 , 무락인후 .
受享 , 毋踰分外 . 修爲 , 毋減分中 .
수향 , 무유분외 . 수위 , 무감분중 .

은총과 이익을 받는 데는 남의 앞에 서지 말고
덕행과 사업 위함에는 남의 뒤에 처지지 말라.
받아서 누림에는 분수를 넘지 말고
닦아서 행함에는 분수를 줄이지 말라.

17. 남을 이롭게 하는 것이 나를 이롭게 하는 것이다

處世，讓一步爲高．退步，卽進步的張本．
처세，양일보위고．퇴보，즉진보적장본．
待人，寬一分是福．利人，實利己的根基．
대인，관일분시복．이인，실리기적근기．

처세에는 한 발자국 양보하는 것을 높다 하나니
물러서는 것은 곧 나아갈 바탕이 된다.
사람을 대하는 일에는
너그러움이 복이 되나니
남을 이롭게 하는 것이
자신을 이롭게 하는 바탕이 된다.

18. 큰 공로도 뽐냄으로서 사라지게 된다

蓋世功勞，當不得一箇矜字．彌天罪過，當不得一箇悔字．
개세공로，당부득일개긍자．미천죄과，당부득일개회자．

세상을 뒤덮는 공로도
'뽐낼 긍(矜)'자 하나를 당하지 못하고
하늘에 가득 찬 허물도
'뉘우칠 회(悔)'자 하나를 당하지 못한다.

19. 명예와 절의는 혼자 차지하지 마라

完名美節，不宜獨任．分些與人，可以遠害全身．
완명미절，불의독임．분사여인，가이원해전신．
辱行汚名，不宜全推．引些歸己，可以온光養德．
욕행오명，불의전추．인사귀기，가이온광양덕．

명예로움과 아름다운 절의는
혼자서만 차지하지 말라.
조금이라도 남에게 나눠주어야만
해로움을 멀리하여 몸을 보전할 수가 있다.
욕된 행실과 오명을
절대로 남에게 돌리지 말라.
조금이라도 끌어다 자신의 것으로 해야
자신의 빛을 감추고 덕을 기를 수가 있다.

20. 모든 일에 완벽하기를 바라지 말라

事事留個有餘不盡的意思，
사사유개유여부진적의사，
便造物不能忌我，鬼神不能損我．
변조물불능기아，귀신불능손아．
若業必求滿 功必求盈者，不生內變，必召外憂．
약업필구만 공필구영자，불생내변，필소외우．

모든 일에 여분을 남겨 못다 한 뜻을 둔다면
조물주도 시기하지 않으며,
귀신도 해하지 않는다.
모든 일에서 성공을 구하고
공로 또한 완전하길 바란다면
안으로부터 변란이 일어나거나
바깥으로부터 근심을 부르게 된다.

21. 즐거운 얼굴 부드러운 말씨로 가족을 대하라

家庭有個眞佛，日用有種眞道.

가정유개진불，일용유종진도.

人能誠心和氣，愉色婉言，使父母兄弟間，形骸兩釋，意氣交流，

인능성심화기，유색완언，사부모형제간，형해양석，의기교류，

勝於調息觀心萬倍矣.

승어조식관심만배의.

가정에도 하나의 참 부처가 있고
일상 속에도 하나의 참다운 도가 있다.
사람이 성실한 마음과 온화한 기운을 지니고
즐거운 얼굴과 부드러운 말씨로
부모 형제를 한 몸같이 하여 뜻이 통하게 되면
이는 숨을 고르게 하고 내면을 관조하는 것보다
만 배나 나은 것이다.

22. 고요한 가운데에도 힘찬 움직임이 있어야 한다

好動者 , 雲電風燈 . 嗜寂者 , 死灰槁木 .
호동자 , 운전풍등 . 기적자 , 사회고목 .
須定雲止水中 , 有鳶飛魚躍氣象 , 總是有道的心體 .
수정운지수중 , 유연비어약기상 , 총시유도적심체 .

움직이기를 좋아하는 사람은
구름 속의 번개나 바람 앞의 흔들리는 등불과 같다.
고요함을 즐기는 사람은
불꺼진 재나 마른 나뭇가지와 같다.
사람은 멈춘 구름이나 잔잔한 물과 같은 경지에서도
솔개가 날고 물고기가 뛰노는 기상이 있어야 하나니
이것이 바로 도를 깨우친 사람의 마음이다.

23. 지나치게 엄하게 꾸짖지 말라

攻人之惡，毋太嚴．要思其堪受.
공인지악，무태엄．요사기감수.

敎人以善，毋過高．當使其可從.
교인이선，무과고．당사기가종.

남의 허물을 꾸짖을 때는 너무 엄하게 꾸짖지 말라.
그가 받아서 감당할 수 있을지를 생각해야 한다.
사람을 선으로 가르치되 지나치게 고상하게 하지 말라.
그 사람이 들어서 따를 수 있도록 해야 한다.

24. 밝음은 어두움에서 비롯된다

糞蟲至穢，變爲蟬而飮露於秋風．腐草無光，化爲螢而輝采於夏月．
분충지예，변위선이음로어추풍．부초무광，화위형이휘채어하월．
固知潔常自汚出，明每從晦生也．
고지결상자오출，명매종회생야．

굼벵이는 더럽지만
매미로 변하여 가을바람에 맑은 이슬을 마시고,
썩은 풀은 빛이 없지만
반딧불로 변해서 여름밤을 빛낸다.
깨끗함은 항상 더러움에서 나오고
밝음은 항상 어둠에서 비롯되는 것이다.

25. 객기를 물리쳐야 정기가 자라난다

矜高妄傲 , 無非客氣 . 降伏得客氣下 , 而後正氣伸 .
긍고망오 , 무비객기 . 항복득객기하 , 이후정기신 .
情欲意識 , 盡屬妄心 . 消殺得妄心盡 , 而後眞心現 .
정욕의식 , 진속망심 . 소살득망심진 , 이후진심현 .

뽐내고 오만한 것 중 객기 아닌 것이 없다.
객기를 물리친 뒤에야 바른 기운이 자라난다
정욕과 분별은 모두가 망녕 된 마음이다.
망령된 마음을 물리친 뒤에야 진심이 나타난다.

26. 사후의 후회를 사전에 생각하라

飽後思味，則濃淡之境都消．色後思狀，則男女之見盡絶．
포후사미，즉농담지경도소．색후사음，즉남녀지견진절．
故人常以事後之悔悟，破臨事之癡迷，則性定而動無不正．
고인상이사후지회오，파임사지치미，즉성정이동무부정．

배부른 뒤에 음식을 생각하면
맛있고 없음의 구별이 사라지고,
성교후에 음란한 생각을 하면 남녀의 구분도 없어진다.
그러므로 사람이 일이 지난 후의 뉘우칠 것을 미리 알아
일을 시작하기 전에 어리석음을 깨뜨려 버리면
본성이 바로잡혀 바르지 않은 행동이란 있을 수가 없다.

27. 초월하되 등한히 하여서는 안 된다

居軒冕之中，不可無山林的氣味．
거헌면지중，불가무산림적기미．
處林泉之下，須要懷廊廟之經綸．
처임천지하，수요회낭묘지경륜．

높은 지위에 있을 때에도
산림에 묻혀 사는 풍취가 없어서는 안 되고,
산림에 묻혀 있을지라도 반드시
국가에 대한 경륜을 품어야 한다.

28. 과실이 없으면 그것이 성공이다

處世不必邀功．無過便是功．
처세불필요공．무과변시공．
與人不求感德．無怨便是德．
여인불구감덕．무원변시덕．

세상을 살아감에 성공만을 바라지 말라.
그르침이 없으면 그것이 성공이다.
남에게 베풀음에 감격해 하기를 바라지 말라.
원망만 없다면 그것이 바로 덕이다.

29. 청백함도 지나치면 이로울 게 없다

憂勤是美德．太苦則無以適性怡情．澹泊是高風．太枯則無以濟人利物．
우동시미덕．태고즉무이적성이정．담박시고풍．태고즉무이제인리물．

염려하고 부지런한 것이 미덕이긴 하지만
지나치게 수고하면 본연의 성정을 즐겁게 할 수가 없다.
청렴하고 결백한 것이 높은 품격이긴 하지만
그 또한 지나치면
사람을 구하고 사물을 이롭게 할 수 없다.

30. 일이 막혀 고달플 땐 첫 마음을 생각하라

事窮勢蹙之人 , 當原其初心 . 功成行滿之士 , 要觀其末路 .
사궁세축지인 , 당원기초심 . 공성행만지사 , 요관기말로 .

일이 막혀 궁지에 빠진 고달픈 사람은
마땅히 처음 시작할 때의 마음을 생각해 보라.
성공하여 만족한 사람은
반드시 그 일의 마지막을 미리 내어다 보아라.

31. 총명함을 자랑하면 어리석은 병이 깊은 것이다

富貴家, 宜寬厚而反忌刻. 是富貴而貧賤其行矣, 如何能享?
부귀가, 의관후이반기각. 시부귀이빈천기행의, 여하능향?
聰明人, 宜斂藏而反炫耀. 是聰明而愚몽其病矣, 如何不敗?
총명인, 의렴장이반현요. 시총명이우몽기병의, 여하불패?

부귀한 집안은 너그럽고 후덕해야 하건만
오히려 시기하고 각박하다면
그것은 곧 부귀하면서도 행실은 가난하고 천한 것이니
어찌 복을 누릴 수 있을 것인가.
총명한 사람은 그 재주를 거두고 감추어야 하건만
오히려 드러내 자랑한다면
총명하면서도 어둡고 어리석음에 병든 것이니
어찌 실패하지 않겠는가.

32. 침묵을 겪어 본 후에 말 많음이 시끄러움을 안다

居卑而後知登高之爲危．處晦而後知向明之太露．
거비이후지등고지위위．처회이후지향명지태로．
守靜而後知好動之過勞．養默而後知多言之爲躁．
수정이후지호동지과로．양묵이후지다언지위조．

낮은 곳에 살아본 뒤에야
높은 곳에 오르는 것이 위태로운 줄을 알게 되고
어두운 곳에 있어 보아야
밝은 곳으로 향하는 것이 눈부심을 알 것이며
고요함을 지켜 살아본 뒤에야
움직임을 좋아하는 것이 수고로움을 알게 되고
말 없음을 겪어 보아야
말 많음이 시끄러운 것임을 알게 된다.

33. 인의 도덕을 버려야 성인의 경지에 들 수 있다

放得功名富貴之心下，便可脫凡．放得道德仁義之心下，便可入聖．

방득공명부귀지심하，변가탈범．방득도덕인의지심하，변가입성．

부귀와 공명에 대한 마음을 모두 버려야
범속에서 벗어날 수 있고,
인의와 도덕에 대한 마음을 모두 놓아 버려야
비로소 성인의 경지에 들어설 수 있다.

34. 독선적인 생각이 마음을 해친다

利欲未盡害心 . 意見乃害心之모賊 . 聲色未必障道 . 聰明乃障道之藩屛 .

이욕미진해심 . 의견내해심지모적 . 성색미필장도 . 총명내장도지번병 .

이욕이 사람의 마음을 해치는 것이 아니라
독선적인 생각이 곧 마음을 해치는 해충이다.
여색이 반드시 도를 가로막는 것이 아니라
총명함이 오히려 도를 가로막는 장애물이다.

35. 어려운 길에서는 한 걸음 물러설 줄 알라

人情反復，世路崎嶇．

인정반복，세로기구．

行不去處，須知退一步之法．行得去處，務加讓三分之功．

행불거처，수지퇴일보지법．행득거처，무가양삼분지공．

사람의 마음은 쉼 없이 변하고
세상의 길은 험난하다.
가기 어려운 곳에서는 한 걸음 물러설 줄 알고
쉽게 갈 수 있는 곳에서는 공로를 양보하는 것이 좋다.

36. 엄하게 하기 보다 미워하지 않기가 어렵다

待小人，不難於嚴而難於不惡．待君子，不難於恭而難於有禮．
대소인，불난어엄이난어불오．대군자，불난어공이난어유례．

소인을 대함에 있어
엄하게 하기가 어려운 것이 아니라
미워하지 않기가 어려우며
군자를 대함에 있어
공손하게 하기가 어려운 것이 아니라
예를 바르게 하기가 어렵다.

37. 우직함을 지키고 총명함을 버려라

寧守渾악, 而黜聰明, 留些正氣還天地.
영수혼악, 이출총명, 유사정기환천지.
寧謝紛華, 而甘澹泊, 遺個淸名在乾坤.
영사분화, 이감담박, 유개청명재건곤.

차라리 우직함을 지켜 총명함을 물리치고
다소의 정기를 남겨 천지에 돌려줘라.
차라리 화려함을 물리치고 담박함을 달게 여겨
깨끗한 이름을 온 세상에 남겨라.

38. 객기가 사라지면 포악함도 사라진다

降魔者，先降自心．心伏，則群魔退聽．
항마자，선항자심．심복，즉군마퇴청．
馭橫者，先馭此氣．氣平，則外橫不侵．
어횡자，선어차기．기평，즉외횡불침．

마를 굴복시키려면
먼저 자신의 마음부터 굴복시켜라.
마음이 굴복한다면 모든 마귀는 스스로 물러난다.
포악함을 제어하려면
먼저 자신의 마음속의 객기부터 제어하라.
객기가 평정되면 포악한 마음이 침입할 수가 없다.

39. 제자를 가르침은 처녀를 기름과 같다

敎弟子，如養閨女，最要嚴出入　謹交遊．
교제자，여양규녀，최요엄출입　근교류．
若一接近匪人，是淸淨田中，下一不淨種子，便終身難植嘉禾．
약일접근비인，시청정전중，하일부정종자，변종신난식가화．

제자를 가르치는 것은
처녀를 기르는 것과 같아서
출입을 엄하게 하고 친구 사귐을 조심해야 한다.
만약 한 번 나쁜 친구와 가까이하게 되면
깨끗한 논밭에 잡초의 씨앗을 심는 것과 같아서
평생토록 좋은 곡식을 심기 어렵다.

40. 욕망을 끊고 도리를 찾아야 한다

欲路上事，毋樂其便而姑爲染指．一染指，便深入萬인．
욕로상사，무락기편이고위염지．일염지，변심입만인．
理路上事，毋憚其難而稍爲退步．一退步，便遠隔千山．
이로상사，무탄기난이초위퇴보．일퇴보，변원격천산．

욕망에 관한 것은 쉽게 얻을 수 있다하여도
손가락에 끝에라도 물들게 하지 마라
한 번이라도 가까이하면 만길 낭떠러지로 떨어진다.
도리에 관한 일은 어렵다하여 뒤로 물러서지 마라.
한 번 물러서면 천산이 가로막듯 멀어진다

41. 즐기고 좋아함은 적당해야 한다

念頭濃者，自待厚，待人亦厚，處處皆濃．
염두농자，자대후，대인역후，처처개농．
念頭淡者，自待薄，待人亦薄，事事皆淡．
염두담자，자대박，대인역박，사사개담．
故君子居常嗜好，不可太濃艶，亦不可太枯寂．
고군자거상기호，불가태농염，역불가태고적．

생각이 깊은 사람은
자신뿐 아니라 남에게도 후하여
이르는 곳마다 후하다.
생각이 얕은 사람은
자신에게뿐 아니라 남에게도 박대하여
부딪치는 일마다 척박하다.
사람은 평상시의 기호를
너무 농염하게 해서도 안 되고
또한 너무 고적하게 해서도 안 된다.

42. 사람이 힘을 모으면 하늘을 이긴다

彼富我仁，彼爵我義．君子固不爲君相所牢籠．

피부아인，피작아의．군자고불위군상소뢰롱．

人定勝天，志一動氣．君子亦不受造物之陶鑄．

인정승천，지일동기．군자역불수조물지도주．

그가 부를 내세우면 나는 인을 내세우고

그가 지위를 내세우면 나는 의로움을 내세운다

군자는 본디 지위에 농락되지 않는다.

사람이 힘을 모으면 하늘을 이기고

뜻을 하나로하여 한결같으면 기질도 바꿀 수 있다.

때문에 군자는 조물주의 틀 속에 갇히지 않는다.

43. 세상을 살아감에는 한 걸음 물러서라

立身，不高一步位，如塵裡振衣　泥中濯足，如何超達?
입신，불고일보위，여진리진의　이중탁족，여하초달?
處世，不退一步處，如飛蛾投燈　저羊觸藩，如何安樂?
처세，불퇴일보처，여비아투등　저양촉번，여하안락?

뜻을 세우려면
남보다 한 걸음 높이 서라.
그렇지 않으면 마치 티끌 속에서 옷을 털고
진흙 속에서 발을 씻는 것과 같으니
어찌 초탈할 수가 있겠는가.
세상을 살아가는 데는 한 걸음 물러서라.
그렇지 않으면 마치 부나비가 등불에 뛰어들고
숫양이 울타리에 들이받는 것과 같으리니
어찌 안락함을 바라겠는가.

44. 배우는 사람은 정신을 집중해야 한다

學者要收拾精神，併歸一路．
학자요수습정신，병귀일로．
如修德而留意於事功名譽，必無實詣．
여수덕이유의어사공명예，필무실예．
讀書而寄興於吟영風雅，定不深心．
독서이기흥어음영풍아，정불심심．

배우는 사람은 정신을 가다듬어
뜻을 한곳으로 모아야 한다.
만일 덕을 닦으면서 뜻을 사업이나 명예에 둔다면
진리의 깊은 경지에 다다를 수 없고,
책을 읽으면서 읊조림이나 놀이에만 머문다면
결코 깊은 마음까지 다다를 수 없다.

45. 욕심과 정에 가려지면 지척이 천리가 된다

人人有個大慈悲，維摩屠회，無二心也.
인인유개대자비，유마도회，무이심야.
處處有種眞趣味，金屋茅회，非兩地也.
처처유종진취미，금옥모첨，비양지야.
只是欲蔽情封，當面錯過，使咫尺千里矣.
지시욕폐정봉，당면착과，사지척천리의.

사람마다 모두 자비심이 있으니
도가 높은 자와 백정이 두 마음이 아니다.
어디에나 참다운 취미가 있으니
대저택과 초가집이 서 있는 땅이 서로 다르지 않다.
다만 욕심에 가려지고 사사로운 정 때문에 그르치어
눈앞의 잘못이 지척을 천리가 되게 한다.

46. 탐욕에 집착하면 위기를 당하게 된다

進德修道，要個木石的念頭．若一有欣羨，便超欲境．
진덕수도，요개목석적염두．약일유흔선，변초욕경．
濟世經邦，要段雲水的趣味．若一有貪著，便墮危機．
제세경방，요단운수적취미．약일유탐저，변타위기．

도와 덕을 닦아나감에는
목석같이 굳은 마음을 가져야 한다.
만일 한번 탐내고 부러워하는 마음이 일어나게 되면
곧장 물욕의 세계로 치닫게 된다.
세상을 구하고 나라를 다스림에는
흐르는 물이나 구름처럼 맑은 취미를 가져야 한다.
만일 한 번 탐욕에 집착하게 되면
금방 위기에 떨어질 것이다.

47. 악한 자는 웃음소리에도 살기가 있다

吉人無論作用安詳，則夢寐神魂，無非和氣.
길인무론작용안상，즉몽매신혼，무비화기.
凶人無論行事狼戾，則聲音어語，渾是殺機.
흉인무론행사낭려，즉성음소어，혼시살기.

착한 사람은 몸가짐이 편안함은 물론
잠자는 동안이나 영혼까지
온화함으로 가득 차 있다.
악한 사람은 행동이 사나운 것은 물론
목소리와 웃으며 하는 말에도 살기가 있다.

48. 보이지 않는 곳에서부터 죄짓지 말아야 한다

肝受病，則目不能視．腎受病，則耳不能聽．
간수병，즉목불능시．신수병，즉이불능청．
病受於人所不見，必發於人所共見．
병수어인소불견，필발어인소공견．
故君子欲無得罪於昭昭，先無得罪於冥冥．
고군자욕무득죄어소소，선무득죄어명명．

간이 병들면 눈이 멀게 되고
콩팥이 병들면 귀가 들리지 않는다.
병은 사람이 볼 수 없는 데서 생겨서
반드시 사람이 볼 수 있는 곳에 나타난다.
그러므로 군자는 밝은 곳에서 죄를 짓지 않으려면
먼저 사람이 보지 않는 곳에서 죄를 짓지 말아야 한다.

49. 마음 쓸 일 많은 것이 가장 큰 재앙이다

福莫福於少事, 禍莫禍於多心.
복막복어소사, 화막화어다심.
唯苦事者, 方知少事之爲福. 唯平心者, 始知多心之爲禍.
유고사자, 방지소사지위복. 유평심자, 시지다심지위화.

일이 적은 것보다 더한 복이 없고
마음 쓸 일이 많은 것보다 더한 재앙은 없다.
일에 시달려 본 사람만이
일 적음이 참 복인 줄 알고
마음이 화평한 사람만이
마음 쓸 일 많음이 큰 재앙임을 안다.

50. 난세에는 원만히 살아가야 한다

處治世宜方 . 處亂世宜圓 . 處叔季之世 , 當方圓병用 .
처치세의방 . 처난세의원 . 처숙계지세 , 당방원병용 .
待善人宜寬 . 待惡人宜嚴 . 待庸衆之人 , 當寬嚴互存 .
대선인의관 . 대악인의엄 . 대용중지인 , 당관엄호존 .

태평한 세상을 살아감에는
몸가짐을 방정하게 하는 것이 좋고
어지러운 세상에서는 원만히 살아가야 하며
말세에는 방정함과 원만함을 아울러 가져야 한다.
착한 사람은 너그럽게 대해야 하고
악한 사람은 엄하게 대해야 하며
보통 사람들은 너그럽고도 엄하게 대해야 한다.

51. 은혜는 기억하되 원한은 잊어라

我有功於人, 不可念 , 而過則不可不念 .
아유공어인, 불가념 , 이과즉불가불념 .
人有恩於我, 不可忘 , 而怨則不可不忘 .
인유은어아, 불가망 , 이원즉불가불망 .

내가 남에게 베푼 것은 마음에 새겨 두지 말고,
나의 잘못은 마음 깊이 새겨 두어라.
남이 내게 베푼 것은 잊지 말고,
남에게 원한이 있거든 잊어버려라.

52. 베풀되 의식하지 마라

施恩者，內不見己，外不見人，則斗粟可當萬鍾之惠.
시은자，내불견기，외불견인，즉두속가당만종지혜.
利物者，計己之施，責人之報，則百鎰難成一文之功.
이물자，계기지시，책인지보，즉백일난성일문지공.

은혜를 베푸는 사람이
안으로 자신을 의식하지 않고
밖으로 받을 사람을 의식하지 않는다면
한 알의 곡식도 만 섬의 은혜가 된다.
남을 이롭게 하는 사람이
자기가 베푼 은혜를 따지고 보상을 바란다면
비록 아무리 많은 돈일지라도
한 푼의 공도 이룰 수가 없다.

53. 서로의 입장을 비교하며 균형을 잡아라

人之際遇，有齊有不齊，而能使己獨齊乎?
인지제우，유제유부제，이능사기독제호?
己之情理，有順有不順，而能使人皆順乎?
기지정리，유순유불순，이능사인개순호?
以此相觀對治，亦是一方便法門.
이차상관대치，역시일방편법문.

사람들은 제각기
모든 것을 갖출 수도 있고 못할 수도 있거늘
어찌 자기 혼자서만 갖추게 할 수 있겠는가,
또 자기의 마음을 보더라도
순할 때가 있고 순하지 못할 때가 있거늘
어찌 다른 사람을 모두 순하게 할 수 있겠는가,
다른 사람과 비교하여 균형을 잡는 일도
세상을 사는 한 방법일 것이다.

54. 책은 깨끗한 마음으로 읽어야 한다

心地乾淨 , 方可讀書學古 .
심지건정 , 방가독서학고 .
不然 , 見一善行 , 竊以濟私 , 聞一善言 , 假以覆短 .
불연 , 견일선행 , 절이제사 , 문일선언 , 가이복단 .
是又藉寇兵而齎盜糧矣 .
시우자구병이재도량의 .

깨끗한 마음으로 책을 읽어야
참된 옛것을 배울 수 있다.
그렇지 않으면 한 가지 선행을 보고
이것을 훔쳐 자기의 욕심을 채우게 되고,
한 마디의 좋은 말을 들으면
그것을 빌어 자기의 잘못을 덮는 데 쓴다.
이것이야말로 적에게 무기를 빌려주고
도둑에게 양식을 제공하는 것과 같다.

55. 사치하는 사람은 부유해도 항상 부족하다

奢者，富而不足．何如儉者，貧而有餘?
사자，부이부족．하여검자，빈이유여?
能者，勞而府怨．何如拙者，逸而全眞?
능자，노이부원．하여졸자，일이전진?

사치하는 사람은
아무리 부유해도 항상 부족하다.
검소한 가난 속의 여유와 어찌 같으랴.
유능한 사람은 애써 일하면서도
원망을 불러들인다.
어찌 무능한 사람의
한가로움 속의 천진함과 같을 수 있으랴.

56. 책을 읽되 깨닫지 못하면 글의 노예일 뿐이다

讀書，不見聖賢，爲鉛참傭．居官，不愛子民，爲衣冠盜．
독서，불견성현，위연참용．거관，불애자민，위의관도．
講學，不尙躬行，爲口頭禪．立業，不思種德，爲眼前花．
강학，불상궁행，위구두선．입업，불사종덕，위안전화．

글을 읽어도 성현을 보지 못하면
종이와 붓의 노예에 불과하고,
공직에 있으며 백성을 사랑하지 않으면
의관을 훔친 도둑에 불과하다.
가르치면서 몸소 실천하지 않는다면
입으로만 참선을 하는 것이며
큰 사업을 세우고도 베풂에 인색한 것은
눈앞에서 피고 지는 꽃에 지나지 않는다.

57. 참된 진리는 자신의 마음속에 있다

人心有一部眞文章，都被殘編斷簡封錮了．
인심유일부진문장，도피잔편단간봉고료．
有一部眞鼓吹，都被妖歌艶舞湮沒了．
유일부진고취，도피요가염무인몰료．
學者須掃除外物，直覓本來，재有個眞受用．
학자수소제외물，직멱본래，재유개진수용．

사람마다 마음속에 참 문장이 있지만
옛 사람의 하찮은 말에 모두 막혀 버리고,
사람마다 마음속에 참 풍류가 있지만
세상의 난잡한 가무에 모두 묻혀버린다.
배우는 사람은 하찮은 외물을 쓸어버리고
본래의 마음을 찾을 때 참 보람을 얻는다.

58. 항상 반대의 상황에 대비하라

苦心中 , 常得悅心之趣 . 得意時 , 便生失意之悲 .

고심중 , 상득열심지취 . 득의시 , 변생실의지비 .

괴로움 속에서
언제나 마음을 즐겁게 하는 멋을 얻으며.
득의만면할 때에
갑자기 실의의 슬픔을 낳게 된다.

59. 부도덕한 부귀와 명예는 오래가지 못한다

富貴名譽，自道德來者，如山林中花，自是舒徐繁衍．
부귀명예，자도덕래자，여산림중화，자시서서번연．
自功業來者，如盆檻中花，便有遷徙廢興．
자공업래자，여분함중화，변유천사폐흥．
若以權力得者，如瓶鉢中花，其根不植，其萎可立而待矣．
약이권력득자，여병발중화，기근불식，기위가립이대의．

부귀와 명예가 도덕에서 온 것이면
숲속의 꽃처럼 그 뿌리와 잎이 자연히 자랄 것이며,
부귀와 명예가 공로에서 온 것이면
화분 속의 꽃처럼 자주 자리를 옮겨 흥망이 있다.
부귀와 명예가 권력에서 온 것이면
그것은 화병 속의 꽃처럼
뿌리를 심지 않은 탓으로 금방 시들어 버린다.

60. 베풀지 않는 백년살이 하루살이만 못하다

春至時和，花尙鋪一段好色，鳥且전幾句好音．
춘지시화，화상포일단호색，조차전기구호음．
士君子，幸列頭角，復遇溫飽，
사군자，행렬두각，부우온포，
不思立好言行好事，雖是在世百年，恰似未生一日．
불사입호언행호사，수시재세백년，흡사미생일일．

봄이 되어 화창하면
꽃들은 아름다운 꽃을 피우고
새들은 고운 노래를 지저귄다.
사람이 세상에 두각을 나타내어
부유하게 살더라도
좋은 말과 좋은 일하기를 생각하지 않으면
백년을 살아도 하루도 살지 않음과 같다.

61. 지나친 엄함과 결백은 생명력이 없다

學者要有段兢業的心思，又要有段瀟灑的趣味.
학자요유단긍업적심사，우요유단소쇄적취미.
若一味斂束淸苦，是有秋殺無春生，何以發育萬物?
약일미렴속청고，시유추살무춘생，하이발육만물?

학문을 하는 사람은
항상 조심하는 마음을 지녀야 하고
한편으로는 활달한 멋을 지녀야 한다.
몸가짐을 너무 엄하게 하여
지나치게 결백하기만 하면
그것은 쌀쌀한 가을의 냉기만 있을 뿐
따뜻한 봄기운이 없어
만물을 자라게 할 수가 없다.

62. 참으로 큰 재주는 별다른 재주가 없는 것이다

眞廉，無廉名．立名者，正所以爲貪．

진렴，무염명．입명자，정소이위탐．

大巧，無巧術．用術者，乃所以爲拙．

대교，무교술．용술자，내소이위졸．

참된 청렴은 청렴하다는 이름이 없나니,
명성을 얻는 것은 바로 이름을 탐하기 때문이다.
참으로 큰 재주는 별달리 교묘한 재주가 없나니,
재주를 부리는 것은 그만큼 졸렬하기 때문이다.

63. 군자는 모자라는 곳에 머문다

기器 , 以滿覆 . 撲滿 , 以空全 .

기기 , 이만복 . 박만 , 이공전 .

故君子寧居無 , 不居有 . 寧處缺 , 不處完 .

고군자녕거무 , 불거유 . 영처결 , 불처완 .

의기는 가득 차면 엎질러지고,
박만은 텅 비어야 온전하다.
군자는 무위 경지에 살지언정 유위경지에 살지 않고,
모자라는 곳에 머물지언정
가득 찬 곳에 머물지 않는다.

64. 마음의 청렴 없는 외적인 청렴은 무의미하다

名根未拔者, 縱輕千乘 甘一瓢, 總墮塵情.
명근미발자, 종경천승 감일표, 총타진정.
客氣未融者, 雖澤四海 利萬世, 終爲剩技.
객기미융자, 수택사해 이만세, 종위잉기.

명리를 탐하는 생각이 뿌리뽑히지 않은 사람은
비록 천승의 부를 가볍게 여기고
한 표주박의 물을 달게 마실지라도
실상은 세속의 욕망에 떨어져 있는 것이요,
쓸모없는 용기가 완전히 사라지지 않은 사람은
비록 은덕을 사방에 널리 베풀고 이익이 오랫동안 끼칠지라도
결국은 쓸모 없는 재주에 그치고 만다.

65. 마음이 밝으면 어둠 속에도 빛을 본다

心體光明，暗室中，有青天．
심체광명，암실중，유청천．
念頭暗昧，白日下，生려鬼．
염두암매，백일하，생려귀．

마음의 바탕이 밝으면
어두운 방에서도 푸른 하늘이 있고
생각이 어두우면
환한 햇빛 속에서도 도깨비를 보게 된다.

66. 가장 큰 근심은 마음의 근심이다

人知名位爲樂，不知無名無位之樂爲最眞.
인지명위위락，부지무명무위지락위최진.
人知饑寒爲憂，不知不饑不寒之憂爲更甚.
인지기한위우，부지부기불한지우위갱심.

사람들은 명성과 높은 지위만을 즐거움인 줄 알지만
이름 없고 지위 없는 즐거움이
더 참된 즐거움인줄 모른다.
사람들은 굶주리고 추운 것만이 근심인 줄 알지만
굶주리지 않고 춥지 않은 근심이
더 큰 근심인 줄은 모른다.

67. 악행을 하고 두려워함은 선해질 가망이 있다

爲惡而畏人知，惡中猶有善路．
위악이외인지，악중유유선로．
爲善而急人知，善處卽是惡根．
위선이급인지，선처즉시악근．

악한 일을 하고 나서
남이 알까 봐 두려움을 갖는 것은
아직 악함속에도 선으로 향할 길이 있기 때문이다.
선한 일을 하고 나서
사람들이 알아주기를 서두르는 것은
아직 그 선 속에 악의 뿌리가 남았기 때문이다.

68. 군자는 변화되는 상황에 초연하다

天地機緘, 不測. 抑而伸, 伸而抑.
천지기함, 불측. 억이신, 신이억.
皆是播弄英雄 顚倒豪傑處.
개시파롱영웅 전도호걸처.
君子只是逆來順受 居安思危, 天亦無所用其伎倆矣.
군자지시역래순수 거안사위, 천역무소용기기량의.

하늘의 기밀은 아무도 측량하지 못한다.
눌렀다가는 펴고, 폈다가는 다시 누른다.
이것은 영웅을 조롱하고 호걸들을 뒤엎어 놓는다.
그러나 군자는 천운이 역으로 와도 순리로 받아들이고
평온함 속에서 위태로움을 생각하기 때문에
하늘도 마음대로 할 수가 없다.

69. 여유와 너그러움 속에 복이 있다

燥性者 , 火熾 , 遇物則焚 . 寡恩者 , 氷淸 , 逢物必殺 .
조성자 , 화치 , 우물즉분 . 과은자 , 빙청 , 봉물필살 .
凝滯固執者 , 如死水腐木 , 生機已絶 . 俱難建功業而延福祉 .
응체고집자 , 여사수부목 , 생기이절 . 구난건공업이연복지 .

성질이 조급한 사람은 타는 불길과 같아서
보는 것마다 태워 버린다.
은혜롭지 못한 사람은 얼음과 같이 차가워서
닥치는 대로 얼려 죽인다.
기질이 융통성이 없고 고집 센 사람은
괴어 있는 물이나 썩은 나무토막 같아 생기가 없다.
이런 사람들은 공업을 세우기가 어려울 뿐만 아니라
그 복을 누림 또한 길지 못하다.

70. 행복은 억지로 구할 수 없는 것이다

福不可요 . 養喜神 , 以爲召福之本而已 . 禍不可避 .
복불가요 . 양희신 , 이위소복지본이이 . 화불가피 .
去殺機 , 以爲遠禍之方而已 .
거살기 , 이위원화지방이이 .

행복은 억지로 구할 수가 없는 것이니
스스로 즐거운 마음을 길러서
행복을 부르는 바탕으로 삼아야 한다.
불행은 마음대로 피할 수가 없는 것이니
남을 해치려는 마음을 없이하여
불행을 멀리하는 방법으로 삼아야 한다.

71. 군자는 떠들지도 나서지도 않는다

十語九中 , 未必稱奇 . 一語不中 , 則愆尤駢集 .
십어구중 , 미필칭기 . 일어부중 , 즉건우병집 .
十謀九成 , 未必歸功 . 一謀不成 , 則자議叢興 .
십모구성 , 미필귀공 . 일모불성 , 즉자의총흥 .
君子所以寧默 毋躁 , 寧拙 毋巧 .
군자소이녕묵 무조 , 영졸 무교 .

열 마디 말 중에 아홉 마디가 맞아도
반드시 신기하다 칭찬하지 않지만
단 한 마디라도 맞지 않으면
비난의 목소리가 사방에 가득 찬다.
열 가지 계획 중에서 아홉 가지가 이루어져도
공을 돌리려 하지 않으면서
한 가지만 실패해도 비난하는 목소리가 사방에 가득 찬다.
군자가 차라리 침묵할지언정 떠들지 않으며
모르는 척할지언정 아는 체하지 않는 것은 그 때문이다.

72. 마음이 따뜻해야 복도 두텁고 오래간다

天地之氣，暖則生，寒則殺．故性氣淸冷者，受享亦凉薄．
천지지기，난즉생，한즉살．고성기청랭자，수향역량박．
唯和氣熱心之人，其福亦厚，其澤亦長．
유화기열심지인，기복역후，기택역장．

천지의 기운이 따뜻하면 만물은 자라나고
차가우면 시들어 죽는다.
그러므로 성질이 지나치게 맑고 차가운 사람은
받아서 누릴 복도 박하다.
오직 화기 있고 마음이 따뜻한 사람이라야
받아서 누릴 수 있는 복 또한 두텁고 오래간다.

73. 욕망의 길은 좁아 빠져나오기 어렵다

天理路上，甚寬．稍游心，胸中便覺廣大宏朗．
천리노상，심관．초유심，흉중변각광대굉랑．
人欲路上，甚窄．재寄迹，眼前俱是荊棘泥塗．
인욕노상，심착．재기적，안전구시형극니도．

하늘의 도리를 따르는 길은 너무나 넓고 커서
거기에 조금만 마음을 두면
가슴속이 문득 넓어지고 밝아진다.
욕망의 길은 한없이 좁아,
거기에 조금이라도 발을 들여놓으면
눈앞엔 모두 가시덤불과 진흙탕뿐이다.

74. 고난 뒤에 얻은 행복이 참 행복이다

一苦一樂 , 相磨練 , 練極而成福者 , 其福始久 .
일고일락 , 상마련 , 연극이성복자 , 기복시구 .
一疑一信 , 相參勘 , 勘極而成知者 , 其知始眞 .
일의일신 , 상참감 , 감극이성지자 , 기지시진 .

괴로움과 즐거움을 고루 겪고
그렇게 얻은 행복이 오래가고
의문과 믿음을 고루 겪고
거기서 얻은 지식이 참 지식이다.

75. 마음이 충만하면 물욕이 생기지 않는다

心不可不虛 . 虛則義理來居 .

심불가불허 . 허칙의리래거 .

心不可不實 . 實則物欲不入 .

심불가불실 . 실칙물욕불입 .

마음을 항상 비워 두지 않으면 안 된다.

마음을 비워야 정의와 진리가 그곳에 와서 산다.

마음은 항상 채워 두지 않으면 안 된다.

마음이 충만하면 물욕이란 들어올 수가 없다.

76. 맑은 물에는 고기가 살지 못한다

地之穢者 , 多生物 . 水之淸者 , 常無魚 .
지지예자 , 다생물 . 수지청자 , 상무어 .
故君子當存含垢納汚之量 , 不可持好潔獨行之操 .
고군자당존함구납오지량 , 불가지호결독행지조 .

더러운 땅에서는 초목이 무성하지만
물이 너무 맑으면 항상 고기가 없는 법이다.
그러므로 군자는 때묻고 더러움도 용납할 도량을 가져라.
깨끗함만 좋아하고
홀로 행하려는 절조는 지니지 말아라.

77. 노력 없이는 아무것도 이룰 수 없다

泛駕之馬，可就驅馳．躍冶之金，終歸型範．
범가지마，가취구치．약야지금，종귀형범．
只一優游不振，便終身無個進步．
지일우유부진，변종신무개진보．
白沙云，"爲人多病未足羞，一生無病是吾憂"，眞確論也．
백사운，"위인다병미족수，일생무병시오우"，진확론야．

수레를 뒤엎는 사나운 말도 길들이면 부릴 수가 있고
다루기 힘든 쇳덩이도 잘 다루면 좋은 기물이 된다.
사람이 하는 일 없이 놀기만 하고
노력이 없으면 평생 아무것도 이룰 수가 없다.
백사가 말하기를
'사람으로 병 많음이 부끄러울 것 없지만
평생토록 마음의 병 없는 것이 근심이라' 했다.
참으로 옳은 말이다.

78. 욕심이 없으면 한 세상 초월할 수 있다

人只一念貪私，便銷剛爲柔，塞智爲昏，
인지일념탐사，변소강위유，색지위혼，
變恩爲慘，染潔爲汚，壞了一生人品.
변은위참，염결위오，괴료일생인품.
故古人以不貪爲寶，所以度越一世.
고고인이불탐위보，소이도월일세.

사람이 오직 사사로운 이익에만 빠져들다 보면
강직한 기질도 마모되어 유약해지고
지혜가 막혀 어두워질 뿐만 아니라
인자한 마음마저 혹독해지고 또 결백한 뜻도 더러워져
인간의 본성을 깨뜨리게 된다.
옛사람이 탐욕하지 않음을 귀하게 여긴 까닭은,
그것으로 일세를 초월할 수 있기 때문이다.

79. 정욕은 내면의 도둑이다

耳目見聞爲外賊，情欲意識爲內賊．
이목견문위외적，정욕의식위내적．
只是主人翁，惺惺不昧，獨坐中堂，賊便化爲家人矣．
지시주인옹，성성불매，독좌중당，적변화위가인의．

귀로 듣고 눈으로 보는 것은 바깥 도둑이지만
정욕의 의식은 내면의 도둑이다.
주인 되는 마음이 맑게 깨어서
방안에 의젓이 앉아 있으면
도둑들도 하인이 되어 한 집안 식구가 된다.

80. 뉘우침은 예방함만 못하다

圖未就之功，不如保已成之業．
도미취지공，불여보이성지업．
悔已往之失，不如防將來之非．
회이왕지실，불여방장래지비．

아직 이루지 못한 공을 도모하는 것은
이미 이루어 놓은 공을 잘 보전함만 같지 못하고,
지나간 과실을 뉘우치는 것은
앞으로 다가올 잘못을 막음만 못하다.

81. 기상은 높되 소홀해서는 안 된다

氣象要高曠 , 而不可疎狂 . 心思要縝密 , 而不可쇄屑 .
기상요고광 , 이불가소광 . 심사요진밀 , 이불가쇄설 .
趣味要충淡 , 而不可偏枯 . 操守要嚴明 , 而不可激烈 .
취미요충담 , 이불가편고 . 조수요엄명 , 이불가격렬 .

사람의 기상은
높을수록 좋지만 소홀해서는 안 되고,
마음은 빈틈이 없어야 하지만
자질구레해서는 안 된다.
취미는 깨끗한 것이 좋지만 지나쳐서는 안 되고,
지조는 엄정하게 지켜야 하지만 과격해서는 안 된다.

82. 바람이 지나도 소리를 남기지 않는다

風來疎竹 , 風過而竹不留聲 . 雁度寒潭 , 雁去而潭不留影 .
풍래소죽 , 풍과이죽불류성 . 안도한담 , 안거이담불류영 .
故君子 , 事來而心始現 , 事去而心隨空 .
고군자 , 사래이심시현 , 사거이심수공 .

바람이 성긴 대숲에 불어와도
바람이 지나가면 그 소리를 남기지 않고,
기러기가 차가운 연못을 지나가도
기러기가 지나가고 나면
그 그림자를 남기지 않는다.
군자 또한 일이 생기면 비로소 마음이 나타나고
일이 지나고 나면 마음도 따라서 비워진다.

83. 치우치지 않음이 참다운 덕이다

淸能有容，仁能善斷，明不傷察，直不過矯，
청능유용，인능선단，명불상찰，직불과교，
是謂 "蜜餞不甛，海味不함"，재是懿德．
시위 "밀전불첨，해미불함"，재시의덕．

청렴결백하면서도 너그럽고,
어질면서도 결단력이 있으며,
총명하면서도 지나치게 살피지 않고,
강직하면서도 바른 것에만 치우치지 않는다면
꿀을 바른 음식이 달지 않고 해산물이 짜지 않은 것과 같다.
이것이 곧 아름다운 덕이다.

84. 한 때 곤궁해도 자포자기하지 마라

貧家淨拂地，貧女淨梳頭，景色雖不艶麗，氣度自是風雅.
빈가정불지，빈녀정소두，경색수불염려，기도자시풍아.
士君子一當窮愁寥落，奈何輒自廢弛哉?
사군자일당궁수요락，내하첩자폐이재?

가난한 집도 깨끗이 청소하고,
가난한 집 여자라도 단정하게 빗질을 하면
그 모습이 비록 화려히 아름답지는 못하여도
그 기품은 저절로 풍겨난다.
사람이 한 때 곤궁하고 영락하였다 하여
어찌 스스로를 버리며 게을리 하랴.

85. 한가한 때에 시간을 헛되이 마라

閑中不放過 , 忙處有受用 . 靜中不落空 , 動處有受用 .
한중불방과 , 망처유수용 . 정중불락공 , 동처유수용 .
暗中不欺恩 , 明處有受用 .
암중불기은 , 명처유수용 .

한가한 때에 헛된 시간을 보내지 않으면
바쁜 때에 쓸모가 있고,
조용한 때에 마음을 놓아 버리지 않으면
활동할 때에 쓸모가 있으며
어두운 속에서 속이고 숨기는 일이 없으면
밝은 곳에서 그 보람을 누릴 수 있다.

86. 생각나면 깨닫고 깨달았으면 돌이켜라

念頭起處，재覺向欲路上去，便挽從理路上來.
염두기처，재각향욕로상거，변만종리노상래.
一起便覺，一覺便轉.
일기변각，일각변전.
此是轉禍爲福 起死回生的關頭，切莫輕易放過.
차시전화위복 기사회생적관두，절막경이방과.

한 순간의 생각이
사욕의 길로 나아감을 깨닫게 되면
곧 되돌려 도리의 길로 나가게 하라.
생각이 나면 곧 깨닫고 깨달으면 재빨리 돌이키게 하라.
이것이야말로 불행을 행복으로 만들고
죽음에서 삶으로 되돌아오는 계기가 된다.
결코 가볍게 놓쳐버리지 말라.

87. 마음을 보며 도를 체득하는 법

靜中念慮澄徹，見心之眞體．
정중념려징철，견심지진체．
閑中氣象從容，識心之眞機．
한중기상종용，식심지진기．
淡中意趣충夷，得心之眞味．觀心證道，無如此三者．
담중의취충이，득심지진미．관심증도，무여차삼자．

고요한 가운데 생각이 맑으면
마음의 본체를 볼 수 있고
한가한 가운데 기상이 조용하면
마음의 참 기틀을 알게 될 것이다
담백함 속에서 마음의 뜻이 평온하면
마음의 참맛을 얻을 수 있다.
마음을 보며 도를 체험하는 데는
이 세 가지보다 나은 것이 없다.

88. 고요 속에 고요함은 참 고요가 아니다

靜中靜非眞靜 . 動處靜得來 , 재是性天之眞境 .
정중정비진정 . 동처정득래 , 재시성천지진경 .
樂處樂非眞樂 . 苦中樂得來 , 재見以體之眞機 .
낙처락비진락 . 고중락득래 , 재견이체지진기 .

고요한 곳에서 고요함은 참다운 고요함이 아니다.
소란함 속에서 고요함을 지켜야만
마음의 참다운 경지에 이를 수가 있다.
즐거운 속에서 즐거움은 참다운 즐거움이 아니다.
괴로움 가운데서 즐거운 마음을 얻어야만
마음의 참된 쓰임새를 볼 수 있다.

89. 결심에 대한 의심은 부끄러울 뿐이다

舍己 , 毋處其疑 . 處其疑 , 卽所舍之志多愧矣 .
사기 , 무처기의 . 처기의 , 즉소사지지다괴의 .
施人 , 毋責其報 . 責其報 , 倂所施之心俱非矣 .
시인 , 무책기보 . 책기보 , 병소시지심구비의 .

어떤 일에 스스로를 바쳐 일하기로 했다면
다시는 그 일을 의심하지 말라.
의심하게 되면
결심한 자신의 의지에 부끄러움을 주게 된다.
남에게 무언가를 베풀었다면
그에 대한 보답을 바라지 말라.
보답을 바란다면
베풀었던 마음과 모든 것이 그릇된 것이다.

90. 운명은 스스로 만들어 가는 것이다

天薄我以福 , 吾厚吾德 , 以아之 .
천박아이복 , 오후오덕 , 이아지 .
天勞我以形 , 吾逸吾心 , 以補之 .
천노아이형 , 오일오심 , 이보지 .
天액我以遇 , 吾亨吾道 , 以通之 . 天且我奈何哉?
천액아이우 , 오형오도 , 이통지 . 천차아내하재?

하늘이 나에게 복을 박하게 준다면
나의 덕을 두텁게 하여 이를 맞이할 것이고,
하늘이 내 몸을 수고롭게 한다면
나의 마음을 편하게 하여 이를 도울 것이며,
하늘이 내 처지를 곤궁하게 한다면
나의 도를 형통케 하여 그 길을 열 것이니
하늘인들 나를 더 어떻게 하랴.

91. 뜻이 곧은 선비는 하늘이 길을 열어준다

貞士無心요福，天卽就無心處유其衷．
정사무심요복，천즉취무심처유기충．
성人著意避禍，天卽就著意中奪其魄．
섬인저의피화，천즉취저의중탈기백．
可見天之機權最神．人之智巧何益?
가견천지기권최신．인지지교하익?

뜻이 곧은 선비는 애써 복을 구하지 않아도
하늘은 그 구하지 않는 자리로 나아가서
그 마음을 열어 준다.
음흉한 사람은 불행을 피하려고 애쓰지만
하늘은 그 애쓰는 속으로 찾아가
그 넋을 빼앗는다.
보라, 하늘의 힘이란 얼마나 놀라운가!
인간의 지혜와 잔재주가 무슨 소용 있으랴.

92. 사람을 보려면 노년을 보라

聲妓，晚景從良，一世之연花無碍.
성기，만경종량，일세지연화무애.
貞婦，白頭失守，半生之情苦俱非.
정부，백두실수，반생지정고구비.
語云，"看人只看後半截"，眞名言也.
어운，"간인지간후반절"，진명언야.

기녀라도 늘그막에 한 남편을 따른다면
한때의 화장기도 문제될 것이 없고,
정숙한 여자라도 늘그막에 정조를 잃으면
반평생의 절개가 수포로 돌아간다.
속담에 이르기를
사람을 보려면 그 후반을 보라고 했으니
참으로 옳은 말이다.

93. 권세에 탐하면 지위는 있되 거지와 같다

平民肯種德施惠，便是無位的公相.
평민긍종덕시혜，변시무위적공상.
士夫徒貪權市寵，竟成有爵的乞人.
사부도탐권시총，경성유작적걸인.

평민이라도
기꺼이 덕을 심고 은혜를 베풀면
벼슬 없는 재상이 되고
고관대작도 권세에 탐닉하고 은총을 판다면
마침내 벼슬 있는 거지가 된다.

94. 지금 나의 행함이 훗날 자손의 복이 된다

問祖宗之德澤! 吾身所享者是，當念其積累之難.
문조종지덕택! 오신소향자시，당염기적루지난.
問子孫之福祉! 吾身所貽者是，要思其傾覆之易.
문자손지복지! 오신소이자시，요사기경복지이.

조상이 남겨 준 은혜를 무엇인가.
그것은 지금 내가 살아 누리는 모든 것이니,
그 쌓기 위해 어려웠음을 명심하라.
자손에게 줄 복이 무엇인가.
그것은 내가 지금 행하는 것이 그것이니
그 기울어지기 쉬움을 염려하라.

95. 군자의 위선은 소인의 악행과 같다

君子而詐善，無異小人之肆惡.
군자이사선，무리소인지사악.
君子而改節，不及小人之自新.
군자이개절，불급소인지자신.

군자로서 위선 된 것은
소인이 악을 거침없이 행하는 것과 같다.
군자로서 지조를 꺾는 것은
소인이 잘못을 뉘우치는 것만도 못한다.

96. 훈계는 온화함으로 하라

家人有過，不宜暴怒，不宜輕棄.
가인유과，불의폭로，불의경기.
此事難言，借他事隱諷之. 今日不悟，俟來日再警之.
차사난언，차타사은풍지. 금일불오，사내일재경지.
如春風解凍，如和氣消氷，재是家庭的型範.
여춘풍해동，여화기소빙，재시가정적형범.

가족에게 잘못이 있으면
크게 화내지도 가볍게 보아 넘기지도 말라.
잘못을 깨우쳐주기 어렵다면
다른 일을 빌어 비유로서 깨닫게 하라.
오늘 깨닫지 못하면
다시 내일을 기다려 훈계하라.
봄바람이 언 땅을 녹이고 온기가 얼음장을 녹이듯 하라.
그것이 가정을 다스리는 규범이다.

97. 내 마음이 너그러우면 세상이 온화해 진다

此心常看得圓滿，天下自無缺陷之世界.
차심상간득원만，천하자무결함지세계.
此心常放得寬平，天下自無險側之人情.
차심상방득관평，천하자무험측지인정.

내 마음을 살펴 항상 원만하게 한다면
세상은 한 점 결함이 없는 세계가 될 것이며
내 마음을 열어 놓아 항상 너그럽게 한다면
세상에 험악한 인정이란 저절로 사라질 것이다.

98. 지조를 지키되 엄격함을 드러내지 마라

澹泊之士必爲濃艷者所疑 . 檢飭之人多爲放肆者所忌 .
담박지사필위농염자소의 . 검칙지인다위방사자소기 .
君子處此 , 固不可少變其操履 , 亦不可太露其鋒芒 .
군자처차 , 고불가소변기조리 , 역불가태로기봉망 .

마음이 청렴결백한 사람은
반드시 사치한 자의 의심을 받고
엄격한 사람은
흔히 방종한 자의 미움을 받기 마련이다.
그러나 군자는
어떤 경우에도 일말의 지조도 변함이 없어야 하고
또 지나치게 엄격함을 드러내지 말아야 한다.

99. 역경에서의 고통은 모두 약이 된다

居逆境中，周身皆鍼砭藥石，砥節礪行而不覺．
거역경중，주신개침폄약석，지절려행이불각．
處順境內，眼前盡兵刃戈矛，銷膏磨骨而不知．
처순경내，안전진병인과모，소고마골이부지．

역경에 처해 있을 때는
주위가 모두 침과 약이어서
자신도 모르게 절조와 행실을 닦게 된다.
모든 일이 순조로울 때는
눈앞이 모두 칼과 창이어서
살을 말리고 뼈를 깎아도 깨닫지 못한다.

100. 부귀한 욕심의 불꽃이 자신을 태운다

生長富貴叢中的，嗜欲如猛火，權勢似烈焰．
생장부귀총중적，기욕여맹화，권세사열염．
若不帶些淸冷氣味，其火焰不至焚人，必將自삭矣．
약불대사청랭기미，기화염부지분인，필장자삭의．

부귀한 집에서 성장한 사람은
그 욕심이 사나운 불길 같고
그 권세가 날카로운 불꽃과 같다.
만약 조금이라도 맑고 신선한 기운을 지니지 않는다면,
그 불길이 남을 태우지는 못하더라도
반드시 그 자신을 태워 버리고 말 것이다.

101. 사람의 집념은 바위를 뚫는다

人心一眞 , 便霜可飛 城可隕 金石可貫 .

인심일진 , 변상가비 성가운 금석가관 .

若僞妄之人 , 形骸徒具 , 眞宰已亡 ,

약위망지인 , 형해도구 , 진재이망 ,

對人則面目可憎 , 獨居則形影自괴 .

대인칙면목가증 , 독거칙형영자괴 .

사람의 참된 일념은

여름에도 서리를 내리게 할 수 있고,

울음으로 성곽을 무너뜨릴 수 있으며

쇠붙이와 돌도 뚫을 수가 있다.

거짓된 사람은 사람의 모습을 갖추었을 뿐

참 모습은 이미 사라져 없어

사람을 대하면 얼굴도 흉하게 보이고

혼자 있을 때는

제 모습과 그림자에 스스로 부끄러워진다.

102. 지극함은 곧 평범함으로 간다

文章做到極處, 無有他奇, 只是恰好.
문장주도극처, 무유타기, 지시흡호.
人品做到極處, 無有他異, 只是本然.
인품주도극처, 무유타이, 지시본연.

문장이 지극한 경지에 다다르면
별달리 기이한 것 없이 알맞을 뿐이다.
인품이 지극한 경지에 다다르면
별달리 뛰어난 것이 아니라
다만 본연 그대로일 뿐이다.

103. 세상 모든 것이 허상이며 만물은 하나다

以幻迹言 , 無論功名富貴 , 卽肢體亦屬委形 .

이환적언 , 무론공명부귀 , 즉지체역속위형 .

以眞境言 , 無論父母兄弟 , 卽萬物皆吾一體 .

이진경언 , 무론부모형제 , 즉만물개오일체 .

人能看得破 認得眞 , 새可任天下之負擔 , 亦可脫世間之강鎖 .

인능간득파 인득진 , 재가임천하지부담 , 역가탈세간지강쇄 .

세상의 모든 것을 허상으로 본다면
부귀 공명은 물론 내 육신까지도 잠시 빌린 것에 불과하다.
세상의 모든 것을 실상으로 본다면
부모 형제는 물론 세상 만물이 나와 한 몸이 아닌 것이 없다.
세상이 허상임을 알고
만물이 나와 한 몸임을 깨닫는다면
비로소 세상의 짐을 맡아 이끌어 나갈 수가 있고
세상의 속박에서 벗어날 수가 있다.

104. 즐거운 모든 것은 절반에서 그치게 하라

爽口之味，皆爛腸腐骨之藥．五分便無殃．
상구지미，개란장부골지약．오분변무앙．
快心之事，悉敗身喪德之媒．五分便無悔．
쾌심지사，실패신상덕지매．오분변무회．

입을 즐겁게 하는 음식은
모두가 장을 상하게 하고 뼈를 썩게 하는 독약과 같다.
많이 먹지 말고 절반쯤에서 그쳐야 화를 면한다.
마음을 즐겁게 하는 쾌락은
모두가 몸을 망치고 덕을 잃게 하는 매개물이다.
깊이 탐닉하지 말고 절반쯤에서 그쳐야 뉘우침이 없다.

105. 남의 허물 비밀 과오는 잊어라

不責人小過．不發人陰私．不念人舊惡．
불책인소과．불발인음사．불염인구악．
三者可以養德，亦可以遠害．
삼자가이양덕，역가이원해．

남의 작은 허물을 꾸짖지 말고
남의 비밀을 들추어내지 말며
남의 지나간 과오를 마음에 두지 말라.
이 세 가지를 명심하면
스스로의 덕을 기를 수 있으며
또한 해를 멀리할 수 있다.

106. 몸가짐은 무겁게 마음가짐은 가볍게

士君子持身不可輕 . 輕則物能撓我 , 而無悠閑鎭定之趣 .
사군자지신불가경 . 경즉물능요아 , 이무유한진정지취 .
用意不可重 . 重則我爲物泥 , 而無蕭灑活潑之機 .
용의불가중 . 중즉아위물니 , 이무소쇄활발지기 .

몸가짐을 가볍게 말라.
가볍게 하면 사물에 마음을 주게 되어
여유 있고 침착함을 잃게 된다.
마음가짐을 무겁게 하지 말라.
너무 무거우면 마음속의 사물에 얽매여
시원스럽고 활달함을 잃게 된다.

107. 천지는 영원하되 삶은 유한하다

天地有萬古，此身不再得．人生只百年，此日最易過．
천지유만고，차신불재득．인생지백년，차일최이과．
幸生其間者 不可不知有生之樂，亦不可不懷虛生之憂．
행생기간자 불가불지유생지락，역불가불회허생지우．

천지는 변함이 없이 영원하지만
내 몸은 두 번 다시 태어나지 않는다.
인생은 다만 백년의 세월,
그 날들은 쉽게 지나가 버린다.
다행히 그 사이에 태어난 사람으로
삶의 즐거움을 깨달아야 할 것이며
헛된 삶의 근심을 어찌 생각하지 않을 수 있으랴.

108. 은혜와 원한을 모두 없게 하라

怨因德彰 . 故使人德我 , 不若德怨之兩忘 .
원인덕창 . 고사인덕아 , 불약덕원지양망 .
仇因恩立 . 故使人知恩 , 不若恩仇之俱泯 .
구인은립 . 고사인지은 , 불약은구지구민 .

원한은 덕으로부터 나타난다.
사람들로 하여금 내게 덕이 있다고 여기게 하기보다는
차라리 덕과 원한을 모두 잊게 하는 것이 낫다.
원수는 은혜로부터 나타난다.
사람들로 하여금 나의 은혜를 알게 하기보다는
차라리 은혜와 원한을 모두 없애 버리는 것이 낫다.

109. 번성했을 때 조심함을 잃지 말라

老來疾病, 都是壯時招的. 衰後罪얼, 都是盛時作的.
노래질병, 도시장시초적. 쇠후죄얼, 도시성시작적.
故持盈履滿, 君子尤兢兢焉.
고지영리만, 군자우긍긍언.

늙어서 생기는 병은
모두 젊어서 불러들인 것이며
쇠퇴한 후의 재앙은
모두 흥성할 때에 만들어진 것이다.
그러므로 가장 번성할 때에 미리 조심해야 한다.

110. 새 벗을 사귐보다 옛정을 두터이 하라

市私恩，不如扶公議．結新知，不如敦舊好．

시사은，불여부공의．결신지，불여돈구호．

立榮名，不如種隱德．尙奇節，不如謹庸行．

입영명，불여종은덕．상기절，불여근용행．

사사로이 은혜를 주고받음은
공의를 위하는 것만 같지 못하고
새로운 친구를 사귀는 것은
옛친구와의 정을 두텁게 하는 것만 못하다.
명성을 세우기보다는 숨은 공덕을 심는 것이 낫고
어려운 절의보다는 평소의 행동을 삼가는 것이 낫다.

111. 권력과 사욕에 발들이지 마라

公平正論, 不可犯手. 一犯則貽羞萬世.
공평정론, 불가범수. 일범칙이수만세.
權門私竇, 不可著脚. 一著則點汚終身.
권문사두, 불가저각. 일저칙점오종신.

공평한 의견과 논의에 반대하지 말라.
한번 범하면 수치를 만대에 남긴다.
권력과 사리 사욕에 발 들여놓지 말라.
한번 발붙이면 더러움에 평생토록 젖게 된다.

112. 선행 없는 칭찬보다 무고한 헐뜯김이 낫다

曲意而使人喜，不若直躬而使人忌．
곡의이사인희，불약직궁이사인기．
無善而致人譽，不若無惡而致人毁．
무선이치인예，불약무악이치인훼．

뜻을 굽혀 사람들의 환심을 얻기보다는
자신을 곧게 지켜
사람들의 미움을 받는 게 낫다.
선행이 없이 남의 칭찬 받기보다는
나쁜 일을 하지 않고도
사람들의 헐뜯음을 받는 게 낫다.

113. 친구의 잘못은 마땅히 충고하라

處父兄骨肉之變，宜從容不宜激烈.
처부형골육지변，의종용불의격렬.
遇朋友交遊之失，宜凱切不宜優游.
우붕우교유지실，의개절불의우유.

부모 형제의 변을 당하게 되면
격렬히 행동하지 말고 침착하게 행동하라.
친구의 잘못을 보면
우유부단하지 말고 마땅히 충고하라.

114. 대장부는 자포자기하지 않는다

小處不滲漏 . 暗中不欺隱 .

소처불삼루 . 암중불기은 .

末路不怠荒 . 재是個眞正英雄 .

말로불태황 . 재시개진정영웅 .

작은 일을 소홀히 하지말고

비밀스런 곳에 속이고 숨기지 않으며

실패한 경우에도 자포자기하지 않는 사람이

진정한 대장부다.

115. 한 끼의 밥으로도 평생의 은혜를 만든다

千金難結一時之歡，一飯竟致終身感．
천금난결일시지환，일반경치종신감．
蓋愛重反爲仇，薄極번成喜也．
개애중반위구，박극번성희야．

천금으로도 한때의 환심을 사기가 어렵고
한 끼의 밥으로도 평생의 은혜를 만든다.
대체로 사랑이 지나치면
오히려 원한을 사게 되고,
박대함이 지극하면 오히려 기쁨을 얻게 된다.

116. 드러내지 않음으로 자신을 보호하라

藏巧於拙 . 用晦而明 . 寓濟于濁 .

장교어졸 . 용회이명 . 우제우탁 .

以屈爲伸 . 眞涉世之一壺 , 藏身之三窟也 .

이굴위신 . 진섭세지일호 , 장신지삼굴야 .

뛰어난 재주는 어리석음으로 감추고,
지혜는 드러내지 않되 명철함을 잃지 않으며,
청렴은 오히려 혼탁 속에 깃들게 하고
굽힘으로써 몸을 펴는 것,
이것이야말로 험난한 세상을 건너는 배이며
몸을 보호하는 안전한 곳이 된다.

117. 흥성할 때 쇠퇴함을 대비하라

衰颯的景象，就在盛滿中．發生的機緘，卽在零落內．
쇠삽적경상，취재성만중．발생적기함，즉재영락내．
故君子居安 宜操一心以慮憂，處變當堅百忍以圖成．
고군자거안 의조일심이려우，처변당견백인이도성．

쇠퇴해 가는 모습은 흥성함 속에 있고
생동하는 움직임은 스러지는 가운데 있다.
그러므로 군자는 편안할 때에
참마음을 굳게 지켜 후환을 없게 하고
이변을 당했을 때 백 번을 참아 성공을 도모해야 한다.

118. 참된 것은 일상생활 속에 있다

驚奇喜異者 , 無遠大之識 .
경기희이자 , 무원대지식 .
苦節獨行者 , 非恒久之操 .
고절독행자 , 비항구지조 .

진기한 것을 보며 놀라워하고
이상한 것을 즐기는 사람에게는 원대한 식견이 없고,
괴롭게 절개를 지키며
세상과 맞서 홀로 외롭게 행하는 것은
영원한 지조가 될 수 없다.

119. 욕망과 분노는 대담히 끊어라

當怒火慾水正騰沸處，明明知得，又明明犯著．
당노화욕수정등비처，명명지득，우명명범저．
知的是誰? 犯的又是誰?
지적시수? 범적우시수?
此處能猛然轉念，邪魔便爲眞君矣．
차처능맹연전념，사마변위진군의．

분노의 불길과 욕망의 물결이 끓어오르는 순간에는
누구라도 이를 알 수 있으며
또 알고 있으면서도 범하고 만다.
아는 것은 누구이며 범하는 것은 또 누구인가?
이러한 때에 대담하게 생각을 돌릴 수 있다면
악마도 문득 변하여 참마음이 된다.

120. 나의 장점으로 남의 단점을 들추지 마라

毋偏信而爲奸所欺 . 毋自任而爲氣所使 .
무편신이위간소기 . 무자임이위기소사 .
毋以己之長而形人之短 . 毋因己之拙而忌人之能 .
무이기지장이형인지단 . 무인기지졸이기인지능 .

한쪽으로만 치우쳐서
간사한 사람에게 속지 말 것이며
제 힘만 너무 믿어 객기 부리는 일이 없이 하라.
자신의 장점만으로 남의 단점을 드러내지 말며
자신의 어리석음으로
남의 유능함을 시기하지 말라.

121. 남의 단점은 덮어줘야 한다

人之短處，要曲爲彌縫．如暴而揚之，是以短攻短．
인지단처，요곡위미봉．여폭이양지，시이단공단．
人有頑的，要善爲化誨．如忿而疾之，是以頑濟頑．
인유완적，요선위화회．여분이질지，시이완제완．

남의 단점은 덮어 줘야 한다.
들추어내어 다른 사람들에게 알린다면
단점으로써 단점을 공격하는 것에 불과하다.
사람에게 완고함이 있다면
타일러서 일깨워 줘야 한다.
만약 성을 내서 그를 미워한다면
완고함으로 완고함을 구제하는 것에 불과하다.

123. 긴장된 마음은 풀 줄 알아야 한다

念頭昏散處，要知提醒．念頭喫緊時，要知放下．
염두혼산처，요지제성．염두끽긴시，요지방하．
不然，恐去昏昏之病，又來憧憧之擾矣．
불연，공거혼혼지병，우래동동지요의．

마음이 어둡고 어지러울 때는
가다듬을 줄 알아야 하고
마음이 긴장되어 굳어졌을 때는
풀어 버릴 줄 알아야 한다.
그렇지 않으면 어두운 마음을 가다듬어 놓더라도
조바심 나는 괴로움은 다시 찾아온다.

124. 작은 막힘이 한결 같은 흐름을 막는다

霽日靑天，倏變爲迅雷震電．疾風怒雨，倏變爲朗月晴空．
제일청천，숙변위신뇌진전．질풍노우，숙변위낭월청공．
氣機何常? 一毫凝滯．太虛何常? 一毫障塞．
기기하상? 일호응체．태허하상? 일호장색．
人心之體，亦當如是．
인심지체，역당여시．

맑은 날 푸른 하늘이 별안간 천둥 번개로 변하고
거센 비바람도 밝은 달 맑은 하늘로 변한다.
천지의 움직임이 어찌 한결 같으랴.
그것은 털끝 만한 막힘 때문이다.
하늘의 모습이 어찌 일정할 수가 있으랴.
털끝만한 막힘 때문이다.
사람의 마음 바탕도 또한 이와 같다.

125. 지식과 의지는 함께 있어야 된다

勝私制欲之功，有曰識不早，力不易者.
승사제욕지공，유왈식부조，역불이자.
有曰識得破，忍不過者.
유왈식득파，인불과자.
蓋識是一顆照魔的明珠，力是一把斬魔的慧劍. 兩不可少也.
개식시일과조마적명주，역시일파참마적혜검. 양불가소야.

사리사욕을 억제하는데
빨리 깨닫지 않으면 억제가 어렵다는 이도 있고
비록 깨달았다 하더라도
그것만으로는 이겨 낼 수 없다고 말하는 이도 있다.
지식은 악마의 정체를 밝히는 한 알의 밝은 구슬이며,
의지는 악마를 베는 지혜의 칼이다.
두 가지 모두가 없어서는 안 될 것들이다.

126. 알아도 표현하지 말라

覺人之詐 , 不形於言 . 受人之侮 , 不動於色 .
각인지사 , 불형어언 . 수인지모 , 부동어색 .
此中有無窮意味 , 亦有無窮受用 .
차중유무궁의미 , 역유무궁수용 .

남의 속임수를 알면서도 말하지 않고
남에게 모욕을 받더라도 표현하지 않는다면
그 속에 무한한 뜻과 덕이 있다.

127. 고난을 피하지 말고 이겨내라

橫逆困窮，是단煉豪傑的一副로鍾．
횡역곤궁，시단련호걸적일부로추．
能受其단煉，則心身交益．不受其단煉，則心身交損．
능수기단련，칙심신교익．불수기단련，칙심신교손．

사람을 괴롭히는 역경은
호걸을 단련하는 화로와 망치이다.
단련을 받아 내면 심신이 함께 이롭고
단련을 이겨내지 못하면 심신이 해롭다.

128. 감정을 다스림이 화목을 이루는 길이다

吾身，一小天地也．使喜怒不愆，好惡有則，便是燮理的功夫．

오신，일소천지야．사희노불건，호악유칙，변시섭리적공부．

天地，一大父母也．使民無怨咨，物無분疹，亦是敦睦的氣象．

천지，일대부모야．사민무원자，물무분진，역시돈목적기상．

내 몸은 하나의 작은 천지이다.
기뻐함과 노함에 허물없이 하고
사랑하고 미워함을 법칙 있게 한다면,
이것이 천지의 이치에 순응하는 방법이다.
천지는 하나의 거룩한 어버이다.
백성으로부터 원망이 없게 하고
일체의 사물에 근심이 없게 하면
이것이야말로 화목을 이루는 기상이다.

129. 남이 속일 것을 미리 의심하지 말라

害人之心 , 不可有 . 防人之心 , 不可無 . 此戒疎於慮也 .
해인지심 , 불가유 . 방인지심 , 불가무 . 차계소어려야 .
寧受人之詐 , 毋逆人之詐 . 此警傷於察也 .
영수인지사 , 무역인지사 . 차경상어찰야 .
二語병存 , 精明而渾厚矣 .
이어병존 , 정명이혼후의 .

남을 해치려는 마음이 없어야 하고
자신을 지키려는 마음이 없어서도 안 된다.
이 말은 생각이 소홀함을 경계한 것이다.
차라리 남에게는 속는 일이 있더라도
남이 속일 것을 미리 생각해서는 안 된다.
이 말은 지나치게 살피는 것을 경계한 것이다.
이 두 가지 말을 아울러 간직한다면
생각이 밝아지고 덕이 두터워질 것이다.

130. 공론을 사사로이 이용하지 말라

毋因群疑而阻獨見 . 毋任己意而廢人言 .
무인군의이조독견 . 무임기의이폐인언 .
毋私小惠而傷大體 . 毋借公論而快私情 .
무사소혜이상대체 . 무차공론이쾌사정 .

많은 사람이 의심한다고 해서
자신의 의지를 굽히지 말고
자신만의 의견으로 남의 말을 버리지 말라.
작은 은혜 때문에 큰 일을 손상치 말고
공론을 빌어 사사로운 일을 해결하지 말라.

131. 칭찬과 비난 모두 삼가라

善人未能急親，不宜預揚，恐來讒譖之奸．
선인미능급친，불의예양，공래참찬지간．
惡人未能輕去，不宜先發，恐招媒蘖之禍．
악인미능경거，불의선발，공초매얼지화．

착한 사람이라도 빨리 친해질 수 없다면
미리 칭찬하지 말라.
간악한 사람의 이간질이 두렵다.
몹쓸 사람이라도 쉽사리 멀리할 수 없다면
미리 발설치 말라.
뜻밖의 재앙을 부를까 두렵다.

132. 참으로 큰 것은 은밀히 이루어진다

青天白日的節義，自暗室屋漏中培來.
청천백일적절의，자암실옥루중배래.
旋乾轉坤的經綸，自臨深履薄處操出.
선건전곤적경륜，자임심리박처조출.

청천백일 같은 빛나는 절개도
원래는 어두운 방 한구석에서 길러진 것이며
천지를 휘두르는 뛰어난 경륜도
사실은 깊은 못에 들듯이 살얼음 밟듯이
조심스럽게 얻어진 것이다.

133. 감사할 사랑은 참사랑이 아니다

父慈子孝，兄友弟恭，終做到極處，俱是合當如此.
부자자효，형우제공，종주도극처，구시합당여차.
著不得一毫感激的念頭.
저부득일호감격적염두.
如施者任德 受者懷思，便是路人，便成市道.
여시자임덕 수자회사，변시노인，변성시도.

부모가 자식을 사랑하고 자식이 부모에 효도하며
형제간에 아끼고 공경하는 마음이 지극할지라도
그것은 당연한 일일 뿐 감격할 일이 못 된다.
베푸는 이가 그것을 덕으로 자처하고
받는 이 또한 은혜로 여긴다면
그것은 곧 모르는 행인과 같게 되어
장사꾼의 마음과도 다를 바 없게 된다.

134. 내세우지 않으면 허물도 없다

有姸，必有醜爲之對．我不誇姸，誰能醜我?
유연，필유추위지대．아부과연，수능추아?
有潔，必有汚爲之仇．我不好潔，誰能汚我?
유결，필유오위지구．아불호결，수능오아?

아름다움과 추함은 함께 있어 서로 비교가 된다.
나 자신이 아름다움을 자랑하지 않는다면
누가 나를 추하다 하겠는가.
깨끗함과 더러움은 함께 있어 서로 비교가 된다.
나 자신이 깨끗함을 드러내지 않는다면
누가 나를 더럽다 하겠는가.

135. 시기와 질투는 육친이 더 심하다

炎凉之態 , 富貴更甚於貧賤 . 妬忌之心 , 骨肉尤한於外人 .
염량지태 , 부귀갱심어빈천 . 투기지심 , 골육우한어외인 .
此處 , 若不當以冷腸 御以平氣 , 鮮不日坐煩惱障中矣 .
차처 , 약부당이냉장 어이평기 , 선불일좌번뇌장중의 .

뜨겁다가도 얼음처럼 차가워지는 변덕스러움은
부귀한 사람이 가난한 사람보다 더 심하며,
시기하고 질투하는 마음은 육친이 남보다 더욱 심하다.
그 가운데 냉철한 마음으로 당하지 않고,
평정한 기운으로 억제하지 않는다면
번뇌의 나날을 겪을 수밖에 없다.

136. 은혜와 원한은 드러내지 마라

功過，不容少混．混則人懷惰墮之心．
공과，불용소혼．혼칙인회타타지심．
恩仇，不可大明．明則人起携貳之志．
은구，불가대명．명칙인기휴이지지．

공로와 과실은 절대로 혼동하지 말라.
만약 혼동하게 되면
사람들은 게으른 마음을 품게 된다.
은혜와 원한을 지나치게 밝히지 말라.
만약 밝히게 되면
헤어져 떠나갈 마음을 품게 된다.

137. 행실이 고상하면 비방이 따른다

爵位，不宜太盛．太盛則危．能事，不宜盡畢．盡畢則衰．
작위，불의태성．태성즉위．능사，불의진필．진필즉쇠．
行誼，不宜過高．過高則謗興而毁來．
행의，불의과고．과고즉방흥이훼래．

너무 높은 지위에 있지 말라.
너무 높으면 위태롭다.
능숙한 일이라도 힘을 다 쓰지 말라.
다 쓰게 되면 쇠퇴한다.
행실을 너무 고상하게 하지 말라.
너무 고상하면 비방과 욕설이 다가온다.

138. 숨어 있는 것이 더 크다

惡忌陰 . 善忌陽 . 故惡之顯者禍淺 , 而隱者禍深 .
악기음 . 선기양 . 고악지현자화천 , 이은자화심 .
善之顯者功小 , 而隱者功大 .
선지현자공소 , 이은자공대 .

악한 일은 그늘에 숨어 있기를 싫어하고
선한 일은 겉으로 드러나기를 싫어한다.
그러므로 드러난 악은 재앙이 덜하고
숨어 있는 악은 재앙이 깊으며
드러난 선은 공로가 덜하고
숨어 있는 선은 그 공로가 크다.

139. 덕은 주인이고 재능은 종이다

德者，才之主．才者，德之奴．
덕자，재지주．재자，덕지노．
有才無德，如家無主而奴用事矣，幾何不망량而猖狂?
유재무덕，여가무주이노용사의，기하불망량이창광?

덕은 재능의 주인이고 재능은 덕의 종이다.
재능이 있어도 덕이 없다면
주인 없이 종이 제멋대로 하는 것이니,
어찌 도깨비가 날뛰지 않겠는가?

140. 달아날 길은 열어 줘라

鋤奸杜倖，要放他一條去路.
서간두행，요방타일조거로.
若使之一無所容，譬如塞鼠穴者，一切去路，
약사지일무소용，비여색서혈자，일절거로，
都塞盡，則一切好物，俱咬破矣.
도색진，칙일절호물，구교파의.

간악한 사람을 제거하고 아첨하는 무리를 막으려면
달아날 길을 열어 줘야 한다.
만일 그들에게 몸둘 곳이 없게 하면,
쥐구멍을 틀어막는 것과 같다.
도망갈 길이 모두 막혀 버리면
귀중한 기물을 물어뜯고 말 것이다.

141. 공로와 안락함은 함께하지 말라

當與人同過，不當與人同功．同功則相忌．
당여인동과，부당여인동공．동공칙상기．
可與人共患難，不可與人共安樂．安樂則相仇．
가여인공환난，불가여인공안락．안락칙상구．

다른 사람과 과실은 함께 하더라도
공로는 함께하지 말라.
공로를 함께 하면 곧 시기하게 된다.
다른 사람과 어려움은 함께 하더라도
안락함은 함께하지 말라.
안락하면 곧 원수처럼 맞서게 된다.

142. 한마디 말로도 공덕을 쌓는다

士君子，貧不能濟物者，遇人痴迷處，出一言提醒之，
사군자，빈불능제물자，우인치미처，출일언제성지，
遇人急難處，出一言解救之，亦是無量功德．
우인급난처，출일언해구지，역시무량공덕．

군자로서 가난하여
물질적으로 사람을 도울 수 없더라도,
어리석음으로 방황하는 사람에게
한마디 말로 깨우쳐 주고
위급하고 곤란한 처지의 사람에게
한마디 말로써 풀어 줄 수가 있다면
이 또한 무량한 공덕이다.

143. 따듯하면 오고 추우면 떠나간다

饑則附, 飽則양, 욱則趨, 寒則棄, 人情通患也.
기즉부, 포즉양, 욱즉추, 한즉기, 인정통환야.

굶주리면 달라붙고 배부르면 떠나가며
따뜻하면 몰려들고 추우면 버리는 것,
이것이 바로 사람들의 한결같은
마음의 병폐이다.

144. 마음을 가벼이 하지 말라

君子宜淨拭冷眼，愼勿輕動剛腸.
군자의정식냉안，신물경동강장.

군자는 냉철한 눈을 깨끗이 닦아야 하며
삼가 굳은 마음을
가볍게 움직여선 안 된다.

145. 덕은 도량에 따라 발전한다

德隨量進，量由識長．故欲厚其德，不可不弘其量．
덕수양진，양유식장．고욕후기덕，불가불홍기량．
欲弘其量，不可不大其識．
욕홍기량，불가불대기식．

덕은 도량을 따라서 발전하고
도량은 식견으로 말미암아 성장한다.
그러므로 그 덕을 두텁게 하려면
도량을 넓혀야 하고
도량을 넓히려면 그 식견을 크게 해야 한다.

146. 정욕과 기호가 병의 원인이다

一燈螢然，萬뢰無聲．此吾人初入宴寂時也．
일등형연，만뢰무성．차오인초입연적시야．
曉夢初醒，群動未起．此吾人初出混沌處也．
효몽초성，군동미기．차오인초출혼돈처야．
乘此而一念廻光，烱然返照，
승차이일념회광，형연반조，
始知耳目口鼻皆桎梏，而情欲嗜好悉機械矣．
시지이목구비개질곡，이정욕기호실기계의．

외로운 등불이 반딧불처럼 깜박거리고
만상이 소리가 없나니
우리가 비로소 편히 쉴 때다.
새벽 꿈에서 갓 깨어나
모든 움직임은 아직 일어나지 않았으니
우리가 비로소 혼돈에서 깨어날 때다.
이 때를 놓치지 않고 일념으로 빛을 돌려
스스로를 비춰 보면 비로소 알리라.
이목구비가 모두 질곡이고

정욕과 기호가
모두 마음을 병들게 하는 기계인 것을.

147. 원망은 서로를 해치는 것이다

反己者，觸事皆成藥石．尤人者，動念卽是戈矛．
반기자，촉사개성약석．우인자，동념즉시과모．
一以闢衆善之路，一以濬諸惡之源，相去소壤矣．
일이벽중선지로，일이준제악지원，상거소양의．

스스로를 반성하는 사람은
닥치는 일마다 약이 되지만
남을 원망하는 사람은
생각하는 모두가 창과 칼이 된다.
하나는 모든 선의 길을 열고
또 하나는 모든 악의 근원을 이루니
둘의 사이는 하늘과 땅 차이이다.

148. 정신은 영원하다

事業文章，隨身銷毁，而精神萬古如新.
사업문장，수신소훼，이정신만고여신.
功名富貴，逐世轉移，而氣絶千載一日.
공명부귀，축세전이，이기절천재일일.
君子信不當以彼易此也.
군자신부당이피역차야.

사업과 학문은 육체와 함께 사라지나
정신은 영원히 새롭다.
공명과 부귀는 세상을 따라 옮겨가나
의기와 절조는 천년이 하루와 같다.
군자는 마땅히 저것으로 이것을 바꾸지 말라.

149. 지혜와 재주는 믿을 수 없다

魚網之設 , 鴻則罹其中 . 螳螂之貪 , 雀又乘其後 .

어망지설 , 홍칙리기중 . 당랑지탐 , 작우승기후 .

機裡藏機 , 變外生變 . 智巧 , 何足恃哉?

기리장기 , 변외생변 . 지교 , 하족시재?

고기 그물에 기러기가 걸려들고

사마귀 뒤를 참새가 노린다.

기틀 속에 또 기틀이 있고

이변 밖에 또 이변이 생기나니

지혜와 재주를 어찌 믿을 수 있겠는가.

150. 참다운 생각을 품어야 한다

作人，無點眞懇念頭，便成個花子，事事皆虛．
작인，무점진간염두，변성개화자，사사개허．
涉世，無段圓活機趣，便是個木人，處處有碍．
섭세，무단원활기취，변시개목인，처처유애．

사람으로서 참다운 생각이 없다면
허수아비에 불과하니
일마다 헛될 것이요.
세상을 살아감에 원활한 기지가 없다면
이는 장승에 불과하니
가는 곳마다 막힐 것이다.

151. 괴로움만 버리면 즐거움은 절로 있다

水不波則自定 , 鑑不예則自明 .

수불파즉자정 , 감불예칙자명 .

故心無可淸 , 去其混之者而淸自現 .

고심무가청 , 거기혼지자이청자현 .

樂不必尋 , 去其苦之者而樂自存 .

낙불필심 , 거기고지자이락자존 .

물결이 일지 않으면 물은 절로 고요하고
흐리지 않으면 거울은 스스로 맑다.
마음도 흐린 것을 버리면
맑음이 절로 나타나고
애써 찾지 않아도
괴로움만 버리면 즐거움은 절로 있다.

152. 한가지 일로도 자손이 불행하다

有一念而犯鬼神之禁，一言而傷天地之和，
유일념이범귀신지금，일언이상천지지화，
一事而釀子孫之禍，最宜切戒．
일사이양자손지화，최의절계．

한 가지 생각으로 하늘의 계율을 범하고
한 마디 말로 천지의 조화를 깨뜨리며
한 가지 일로 자손의 불행을 빚게 된다.
깊이 경계해야 할 일이다.

153. 잘 따르지 않는 자는 내버려둬라

事有急之不白者，寬之或自明，躁急以速其忿.
사유급지불백자，관지혹자명，조급이속기분.
人有操之不從者，縱之或自化，操切以益其頑.
인유조지부종자，종지혹자화，조절이익기완.

서둘러서 밝혀지지 않던 일도
너그럽게 하면 밝혀질 수가 있다.
조급하게 서둘러 분노를 불러들이지 말라.
사람을 쓰는 일에 잘 따르지 않는 자가 있지만
가만 놓아두면 저절로 따르는 수가 있다.
너무 엄하게 하여 그 완고함을 더하게 하지 말라.

154. 덕성 없이 절의는 무의미하다

節義傲青雲，文章高白雲，
절의오청운，문장고백운，
若不以德性陶鎔之，終爲血氣之私 技能之末．
약불이덕성도용지，종위혈기지사 기능지말．

절의가 청운을 능가하고
문장이 백설의 곡보다 높다해도,
그것이 덕성으로 단련된 것이 아니라면
혈기의 사행과 기예의 잔재주에 불과하다.

155. 전성기에 물러나라

謝事，當謝於正盛之時．居身，宜居於獨後之也．
사사，당사어정성지시．거신，의거어독후지야．

하던 일을 사양하고 물러날 때는
마땅히 전성기에 물러나라.
아울러 몸을 두는 곳은
홀로 뒤진 곳에 자리 잡아라.

156. 베풀음에는 보답을 생각지 마라

謹德 , 須謹於至微之事 . 施恩 , 務施於不報之人 .
근덕 , 수근어지미지사 . 시은 , 무시어불보지인 .

덕행을 삼가서 실현하려면
모름지기 작은 일에 삼가 행하라.
남에게 은혜를 베풀려면
갚지 못할 사람에게 힘써 베풀라.

157. 사귐엔 시중 사람이 산골 노인만 못하다

交市人, 不如友山翁. 謁朱門, 不如親白屋.
교시인, 불여우산옹. 알주문, 불여친백옥.
聽街談巷語, 不如聞樵歌牧詠.
청가담항어, 불여문초가목영.
談今人失德過擧, 不如述古人嘉言懿行.
담금인실덕과거, 불여술고인가언의행.

시중 사람을 사귀는 것은
산골 노인을 벗함만 못하고
권세 있는 집안에 굽실거림은
오막살이 집안과 친함만 못하다.
거리에 떠도는 뜬소문을 듣는 것은
나무꾼 노래와 목동의 피리소리만 못하고
요즈음 사람의 부덕한 행실과 허물을 말하는 것은
옛사람의 착하고 아름다운 언행을 이야기함만 못하다.

158. 덕은 모든 일의 기초이다

德者，事業之基．未有基不固而棟宇堅久者．
덕자，사업지기．미유기불고이동우견구자．

덕은 모든 사업의 기초가 되니
기초가 튼튼하지 않고서는
그 집이 오래갈 수가 없다.

159. 마음은 자손의 뿌리가 된다

心者，後裔之根．未有根不植而枝葉榮茂者．

심자，후예지근．미유근불식이지엽영무자．

마음은 자손의 뿌리이니
뿌리를 심지 않고
가지와 잎이 무성할 수는 없다.

160. 자기 것을 알되 자랑은 마라

前人云，拋却自家無盡藏，沿門持鉢效貧兒．
전인운，포각자가무진장，연문지발효빈아．

又云，暴富貧兒休說夢，誰家灶裡火無烟．
우운，폭부빈아휴설몽，수가조리화무연}．
一箴自昧所有．一箴自誇所有．可爲學問切戒．
일잠자미소유．일잠자과소유．가위학문절계．

옛사람이 말했다.
자기 집의 무진장은 내버려두고
남의 집 대문 앞에 동냥질을 한다고.
또, 벼락부자 가난뱅이야 꿈 같은 얘기 마라
어느 집 부엌인들 불 때면 연기 아니 나랴 하고.
하나는 자기 소유에 어두운 것을 깨우친 것이고
하나는 자기 소유를 자랑함을 경계한 말이니
마땅히 수양의 경계로 삼아야 한다.

161. 배움은 끼니와 같다

道是一種公衆物事，當隨人而接引.
도시일종공중물사，당수인이접인.
學是一個尋常家飯，當隨事而警척.
학시일개심상가반，당수사이경척.

도는 공공의 것이니
사람마다 이끌어 행하게 하고
배움은 매일 먹는 끼니와 같으니
마땅히 일마다 조심하며 깨우쳐라.

162. 남을 믿는 사람은 진실하다

信人者，人未必盡誠．己則獨誠矣．
신인자，인미필진성．기즉독성의．
疑人者，人未必皆詐．己則先詐矣．
의인자，인미필개사．기즉선사의．

남을 믿는 사람은
남들이 모두 성실해서가 아니라
자기가 홀로 성실하기 때문이다.
남을 의심하는 사람은
남들이 모두 속이기 때문이 아니라
자기가 먼저 속이기 때문이다.

163. 너그러우면 생기가 있다

念頭寬厚的，如春風煦育，萬物遭之而生．
염두관후적，여춘풍후육，만물조지이생．
念頭忌刻的，如朔雪陰凝，萬物遭之而死．
염두기각적，여삭설음응，만물조지이사．

생각이 너그럽고 두터운 사람은
봄바람이 만물을 따뜻하게 키움과 같이
모든 것이 그를 만나면 살아난다.
마음이 각박하고 차가운 사람은
북풍한설이 모든 것을 얼게 하는 것과 같이
만물이 그를 만나면 죽게 된다

164. 선악의 결과는 보이지 않게 나타난다

爲善，不見其益，如草裡東瓜，自應暗長．
위선，불견기익，여초리동과，자응암장．
爲惡，不見其損，如庭前春雪，當必潛消．
위악，불견기손，여정전춘설，당필잠소．

착한 일을 해도 이익이 보이지 않는 것은
마치 풀 속에 난 동아처럼
모르는 사이 저절로 자라기 때문이다.
악한 일을 하고도 손해가 보이지 않는 것은
마치 뜨락의 봄눈처럼
모르는 사이에 슬어들기 때문이다.

165. 은밀한 일에는 마음을 분명히 하라

遇故舊之交，意氣要愈新．處隱微之事，心迹宜愈顯．

우고구지교，의기요유신．처은미지사，심적의유현．

待衰朽之人，恩禮當愈隆．

대쇠후지인，은례당유융．

옛친구를 만나면 의기를 더욱 새롭게 하라.

은밀한 일을 당하게 되면

마음을 더욱 분명히 하라.

노쇠한 사람을 대할 때는

은혜와 예우를 더욱 융성하게 하라.

166. 검소를 빌어 인색을 꾸미지 말라

勤者，敏於德義，而世人借勤而濟其貧．
근자，민어덕의，이세인차근이제기빈．
儉者，淡於貨利，而世人假儉以飾其吝．
검자，담어화리，이세인가검이식기린．
君子持身之符，反爲小人營私之具矣，惜哉．
군자지신지부，반위소인영사지구의，석재．

근면함이란 덕의에 민첩한 것인데도
사람들은 근면을 빌어 그 가난을 건진다.
검소함이란 재물과 이익에 담박한 것인데도
사람들은 검소를 빌어 인색함을 꾸민다.
군자의 몸을 지키는 신조가
소인배의 사리 사욕의 도구가 되나니
참으로 안타까운 일이다.

167. 즉흥적인 일은 곧 멈추게 된다

憑意興作爲者，隨作則隨止，豈是不退之輪?
빙의흥작위자，수작즉수지，기시불퇴지륜?
從情識解悟者，有悟則有迷，終非常明之燈.
종정식해오자，유오즉유미，종비상명지등.

생각나는 대로 시작하는 일은
시작하자마자 멈추게 된다.
어찌 물러남이 없는 수레바퀴가 되랴.
감정과 재치로 얻은 깨달음은
깨달으면 곧 혼미하게 된다.
어찌 영원한 밝은 지혜가 될 수 있으랴.

168. 남은 용서하되 나는 용서하지 마라

人之過誤，宜恕，而在己則不可恕．
인지과오，의서，이재기칙불가서．
己之困辱，當忍，而在人則不可忍．
기지곤욕，당인，이재인칙불가인．

다른 사람의 잘못은 마땅히 용서해야 하지만
자신의 과오를 용서해선 안 된다.
나의 괴로움은 마땅히 참아야 하지만
다른 사람의 괴로움을 참아서는 안 된다.

169. 더럽혀지지 않으면 청백한 사람이다

能脫俗 , 便是奇 . 作意尚奇者 , 不爲奇而爲異 .
능탈속 , 변시기 . 작의상기자 , 불위기이위리 .
不合汚 , 便是淸 . 絶俗求淸者 , 不爲淸而爲激 .
불합오 , 변시청 . 절속구청자 , 불위청이위격 .

세속을 벗어나면 그것이 바로 기인이다.
일부러 기한 행동을 숭상하는 자는
기인이 되지 못하고 괴이한 사람이 된다.
세속의 더러움에 섞여들지 않으면
그것이 곧 청렴 결백한 사람이다.
세속과 인연을 끊고 청백을 구하는 자는
과격한 사람이 될 뿐이다.

170. 처음엔 엄격하게 나중에 관대하게

恩宜自淡而濃 . 先濃後淡者 , 人忘其惠 .
은의자담이농 . 선농후담자 , 인망기혜 .
威宜自嚴而寬 . 先寬後嚴者 , 人怨其酷 .
위의자엄이관 . 선관후엄자 , 인원기혹 .

은혜는 가볍게 시작하여 무겁게 나아가라.
먼저 무겁고 나중에 가벼우면
사람들은 은혜를 잊어버린다.
위엄은 엄격하게 시작하여 관대함으로 나아가라.
먼저 너그럽고 나중에 엄격하면
사람들은 혹독함을 원망한다.

171. 마음을 비우면 본성이 나타난다

心虛則性現 . 不息心而求見性 , 如撥波覓月 .
심허즉성현 . 불식심이구견성 , 여발파멱월 .
意淨則心淸 . 不了意而求明心 , 如索鏡增塵 .
의정즉심청 . 불료의이구명심 , 여색경증진 .

마음을 비우면 본성이 나타난다.
마음을 쉬게 하지 않고 본성 보기를 바라는 건
물결을 헤치면서 달을 찾는 것과 같다.
뜻이 깨끗하면 마음도 밝아진다.
뜻을 맑게 하지 않고 마음 맑기만을 바라는 건
거울을 찾으며 먼지를 더하는 것과 같다.

172. 남이 나를 받드는 것은 지위 때문이다

我貴而人奉之，奉此峨冠大帶也.
아귀이인봉지，봉차아관대대야.
我賤而人侮之，侮此布衣草履也.
아천이인모지，모차포의초리야.
然則原非奉我，我胡爲喜? 原非侮我，我胡爲怒?
연칙원비봉아，아호위희? 원비모아，아호위노?

내 몸이 귀하게 되어 남들이 나를 받드는 것은
높은 관과 큰 띠를 받드는 것이다.
내 몸이 천하게 되어 남들이 나를 업신여기는 것은
베옷과 짚신을 업신여기는 것이다.
원래의 나를 받드는 것이 아니니
내 어찌 기뻐할 것이며
원래의 나를 업신여기는 것이 아니니
내 어찌 노여워하랴.

173. 사랑이 없으면 그저 물체일 뿐이다

爲鼠常留飯，憐蛾不點燈.
위서상류반，연아불점등.
古人此等念頭，是吾人一點生生之機.
고인차등염두，시오인일점생생지기.
無此，便所謂土木形骸而已.
무차，변소위토목형해이이.

쥐를 위해 항상 밥을 남겨 두고
불나방이 가여워 등불을 켜지 않는다 했으니
옛사람의 이러한 마음은
인간이 발전할 한 점의 기틀이다.
이 마음이 없다면
사람도 흙이나 나무처럼 형체일 뿐이다.

174. 마음의 바탕은 하늘의 바탕이다

心體，便是天體．

심체，변시천체．

一念之喜，景星慶雲．一念之怒，震雷暴雨．

일념지희，경성경운．일념지노，진뇌폭우．

一念之慈，和風甘露．一念之嚴，烈日秋霜．

일념지자，화풍감로．일념지엄，열일추상．

何者少得 只要隨起隨滅，廓然無碍，便與太虛同體．

하자소득 지요수기수멸，곽연무애，변여태허동체．

마음의 바탕은 곧 하늘의 바탕이다.

기쁨은 상서로운 별과 경사스런 구름 같고,

분노는 진동하는 우뢰와 사나운 빗발과도 같다.

자비는 부드러운 바람과 달디단 이슬 같고

엄격함은 뜨거운 여름 햇볕과 찬 서리와도 같다.

어느 것 하나도 없을 수 있겠는가.

다만 때맞추어 일어나고 스러져

조금도 거리낌이 없어야 한다.

그래야 하늘과 더불어 그 바탕을 함께 할 수 있다.

175. 일 없을 때 마음은 어두워지기 쉽다

無事時, 心易昏冥, 宜寂寂而照以惺惺.
무사시, 심이혼명, 의적적이조이성성.
有事時, 心易奔逸, 宜惺惺而主以寂寂.
유사시, 심이분일, 의성성이주이적적.

일 없을 때는 마음은 어두워지기 쉽다.
고요한 가운데 밝은 지혜로써 비추어라.
일 있을 때는 마음이 흩어지기 쉽다.
밝은 지혜 가운데 고요함으로 중심을 삼아라.

176. 일밖에 몸을 두어 이해를 살펴라

議事者，身在事外，宜悉利害之情.
의사자，신재사외，의실리해지정.
任事者，身居事中，當忘利害之慮.
임사자，신거사중，당망리해지려.

일을 의논하는 사람은
몸을 그 일밖에 두어 이해의 실상을 살피고
일을 맡은 사람은 몸을 그 일 안에 두어
이해에 대한 생각을 잊어 버려라.

177. 몸가짐은 엄정하게 마음은 온화하게

士君子處權門要路，操履要嚴明，心氣要和易．
사군자처권문요로，조리요엄명，심기요화이．
毋少隨而近腥전之黨，亦毋過激而犯蜂채之毒．
무소수이근성전지당，역무과격이범봉채지독．

선비가 권력의 자리에 있을 때는
몸가짐이 엄정하고 명백해야 하며
마음은 항상 온화하고 평이해야 한다.
비린내나는 무리와 가까이 하지 말 것이며
과격하여 소인배의 독침을 건드리지 말아야 한다.

178. 화기만으로 몸을 보전하라

標節義者，必以節義受謗．榜道學者，常因道學招尤．
표절의자，필이절의수방．방도학자，상인도학초우．
故君子不近惡事，亦不立善名．
고군자불근악사，역불립선명．
只渾然和氣，재是居身之珍．
지혼연화기，재시거신지진．

지조와 의리를 내세우는 사람은
지조와 의리 때문에 비난을 받고,
도덕과 학문을 내세우는 사람은
도덕과 학문 때문에 원망을 산다.
고로 군자는 악행에 가까이 서지 않을 뿐만 아니라
명예로움에도 쉽사리 서지 않는다.
오로지 혼연한 화기만으로
그 몸을 보전하는 보배로 삼아야 한다.

179. 속이는 사람은 감동시켜라

遇欺詐的人，以誠心感動之，遇暴戾的人，以和氣薰蒸之，
우기사적인，이성심감동지，우폭려적인，이화기훈증지，
遇傾邪私曲的人，以名義氣節激勵之，
우경사사곡적인，이명의기절격려지，
天下無不入我陶冶中矣．
천하무불입아도야중의．

속임수를 쓰는 사람은 성심껏 감동시키고
포악한 사람은 온정으로 감화시켜라.
사악함에 빠져 사리사욕만 꾀하는 사람은
대의명분과 절조로 격려하고 인도하라.
그러면 나의 다스림 속에 들지 않을 사람이 없다.

180. 자비심이 세상을 온화하게 한다

一念慈祥，可以온釀兩間和氣.
일념자상，가이온양양간화기.
寸心潔白，可以昭垂百代淸芬.
촌심결백，가이소수백대청분.

하나의 자비심이 천지간의 화기를 빚을 것이며
한 마음의 결백은 향기로운 이름을
백대토록 밝게 드리울 것이다.

181. 평범한 덕행만이 평화를 준다

陰謀怪習 異行奇能，俱是涉世的禍胎.
음모괴습 이행기능，구시섭세적화태.
只一個庸德庸行，便可以完混沌而召平和.
지일개용덕용행，변가이완혼돈이소평화.

은밀한 계략과 괴상한 버릇,
이상한 행동과 기괴한 재주는
세상을 살아가는 데 불행의 씨앗이 된다.
다만 평범한 덕행만이
본성을 온전히 하여 평화를 얻게 된다.

182. 세상살이의 첩경은 참는 것이다

語云 , "登山耐側路 , 踏雪耐危橋" , 一耐字極有意味 .
어운 , "등산내측로 , 답설내위교" , 일내자극유의미 .
如傾險之人情 坎가之世道 ,
여경험지인정 감가지세도 ,
若不得一耐字撑持過去 , 幾何不墮入榛莽坑塹哉 .
약부득일내자탱지과거 , 기하불타입진망갱참재 .

옛말에 이르기를
산을 오를 때는 비탈길을 견뎌야 하고
눈길을 걸을 때는 위태로운 다리를 견뎌야 한다고 했다.
견딜 내(耐)자에는 참으로 깊은 뜻이 있다.
험악한 인정과 곤란한 세상 길도
견딜 내(耐)자 한 자로 지탱하여 지나지 않으면
가시덤불이나 구렁텅이에 빠지게 된다.

183. 마음이 밝은 자가 당당한 자이다

誇逞功業，炫耀文章，皆是고外物做人．

과령공업，현요문장，개시고외물주인．

不知心體瑩然，本來不失，

부지심체형연，본래부실，

卽無寸功隻字，亦自有堂堂正正做人處．

즉무촌공척자，역자유당당정정주인처．

공로를 뽐내거나 지식을 자랑하는 것은
그가 외물에 의해 이루어진 사람이기 때문이다.
마음 바탕을 스스로 밝게 하여 근본을 잃지 않으면
비록 공로가 없고 배운 것이 없더라도
스스로 당당한 사람이 됨을 그는 모르고 있다.

184. 평소에 마음의 주체를 세워라

忙裡，要偸閒，須先向閒時討個杷柄.
망리，요투한，수선향한시토개파병.
鬧中，要取靜，須先從靜處立個主宰.
요중，요취정，수선종정처입개주재.
不然，未有不因境而遷 隨事而靡者.
불연，미유불인경이천 수사이미자.

바쁜 중에 한가로움 얻고 싶으면
모름지기 한가한 때에 마음의 바탕을 찾아두어라.
시끄러운 중에 고요함을 얻고 싶으면
모름지기 고요한 때에 마음의 주체를 세워 두어라.
그렇지 않으면 경우에 따라 변하고
일에 따라 흔들리지 않을 수가 없다.

185. 사물의 힘을 다 쓰지 말라

不昧己心 . 不盡人情 . 不竭物力 .

불매기심 . 부진인정 . 불갈물력 .

三者可以爲天地立心 , 爲生民立命 , 爲子孫造福 .

삼자가이위천지입심 , 위생민입명 , 위자손조복 .

나의 마음을 어둡게 하지 말고
남의 인정에 가혹하지 말며
사물의 힘을 다 쓰지 말라.
이 세 가지는 천지를 위하여 마음을 세우고
모든 사람을 위하여 목숨을 세우며
자손을 위하여 복을 만드는 길이다.

186. 청렴하면 위엄이 생긴다

居官 , 有二語 , 曰惟公則生明 , 惟廉則生威 .
거관 , 유이어 , 왈유공즉생명 , 유렴즉생위 .
居家 , 有二語 , 曰惟恕則情平 , 惟儉則用足 .
거가 , 유이어 , 왈유서즉정평 , 유검족용족 .

관직에 있는 이에게 줄 두 마디의 말은
오로지 공정하면 밝은 지혜가 생기고
오로지 청렴하면 위엄이 생긴다.
집에 있는 이에게 줄 두 마디의 말은
오로지 너그러우면 불평이 없으며
오로지 검소하면 부족함이 없다.

187. 젊었을 때 노쇠할 때를 생각하라

處富貴之地，要知貧賤的痛양．

처부귀지지，요지빈천적통양．

當少壯之時，須念衰老的辛酸．

당소장지시，수념쇠로적신산．

부귀한 처지에 있을 때에는
마땅히 빈천함의 고통을 알아야 하고,
젊고 왕성한 시기에는
반드시 노쇠함의 괴로움을 생각해야 한다.

188. 지나치게 깨끗하고 분명히 살지 말라

持身，不可太皎潔．一切汚辱垢穢，要茹納得．
지신，불가태교결．일체오욕구예，요여납득．
與人，不可太分明．一切善惡賢愚，要包容得．
여인，불가태분명．일체선악현우，요포용득．

몸가짐을 지나치게 깨끗이 하지 말라.
때묻고 더러움도 용납할 수 있어야 한다.
사람을 사귐에 지나치게 분명히 하지 말라.
선함과 악함과 현명함과 어리석음을
모두 포용할 수 있어야 한다.

189. 소인과 원수를 맺지 말라

休與小人仇讐，小人自有對頭.
휴여소인구수，소인자유대두.
休向君子諂媚，君子原無私惠.
휴향군자첨미，군자원무사혜.

소인과 더불어 원수 맺지 말라.
소인에게는 나름대로 상대가 있다.
군자에게 붙어 아첨하지 말라.
군자는 사사로이 은혜를 베풀지 않는다.

190. 이론에 집착함은 고치기 어렵다

縱欲之病可醫，而執理之病難醫.
종욕지병가의，이집리지병난의.
事物之障可除，而義理之障難除.
사물지장가제，이의리지장난제.

욕정이 날뛰는 병은 고칠 수 있지만
이론에 집착하는 병은 고치기가 어렵다.
사물의 장애는 없앨 수가 있지만
의리에 얽매인 장애는 없애기가 어렵다.

191. 쉽게 이룬 수양은 수양이 아니다

磨礪者 , 當如百煉之金 . 急就者 , 非邃養 .
마려자 , 당여백련지금 . 급취자 , 비수양 .
施爲者 , 宜似千鈞之弩 . 輕發者 , 無宏功 .
시위자 , 의사천균지노 . 경발자 , 무굉공 .

수양은 쇠를 백 번 단련하듯 하라.
손쉽게 이룬 것은 깊은 수양이 아니다.
실행은 마땅히 무거운 쇠뇌와 같이 하라.
가볍게 쏘는 자는 큰 공을 이룰 수 없다.

192. 귀에 쓴 말이 약이 된다

寧爲小人所忌毁，毋爲小人所媚悅.
영위소인소기훼，무위소인소미열.
寧爲君子所責修，毋爲君子所包容.
영위군자소책수，무위군자소포용.

소인에게 미움과 욕을 들을지라도
소인으로부터 아첨과 칭찬받는 일이 없도록 하라.
군자로부터 꾸짖음과 깨우침을 받을지라도
군자로부터 포용 받는 일이 없도록 하라.

193. 이욕의 해보다 명예욕의 해가 깊다

好利者，逸出於道義之外，其害顯而淺．
호리자，일출어도의지외，기해현이천．
好名者，竄入於道義之中，其害隱而深．
호명자，찬입어도의지중，기해은이심．

이욕을 챙기는 자는
도의 밖으로 벗어나기 때문에
그 해독이 나타나지만 지극히 얕고,
명성을 좋아하는 자는
도의 안으로 숨어들기 때문에
그 해독이 보이진 않지만 지극히 깊다.

194. 각박과 경박을 경계하라

受人之恩，雖深不報，怨則淺亦報之．
수인지은，수심불보，원즉천역보지．
聞人之惡，雖隱不疑，善則顯亦疑之．
문인지악，수은불의，선즉현역의지．
此刻之極 薄之尤也．宜切戒之．
차각지극 박지우야．의절계지．

사람의 은혜에 대해서는
받은 것이 깊다 하더라도 갚지 않으며
원망은 지극히 얕아도 갚는다.
사람의 악행을 듣고서는
확실하지 않더라도 의심하지 않지만
선행은 확실하더라도 이를 의심한다.
극심한 각박이며 극심한 경박이 아닐 수 없다.
마땅히 경계하라.

195. 헐뜯음은 밝혀지나 아첨은 깨닫기 어렵다

讒夫毁士，如寸雲蔽日，不久自明.
참부훼사，여촌운폐일，불구자명.
媚子阿人，似隙風侵肌，不覺其損.
미자아인，사극풍침기，불각기손.

남을 참소하고 헐뜯는 사람은
마치 조각 구름이 햇볕을 가리는 것과 같아
머지않아 스스로 밝아진다.
아양떨고 아첨하는 사람은
마치 문틈으로 드는 바람이 살결에 스미는 것과 같아
그 해로움을 미처 깨닫지 못한다.

196. 높고 험한 산에 나무가 자라지 못한다

山之高峻處無木 , 而谿谷廻環 , 則草木叢生 .
산지고준처무목 , 이계곡회환 , 즉초목총생 .
水之湍急處無魚 , 而淵潭停蓄 , 則魚鼈聚集 .
수지단급처무어 , 이연담정축 , 즉어별취집 .
此高絶之行 편急之衷 , 君子重有戒焉 .
차고절지행 편급지충 , 군자중유계언 .

산이 높고 험준하면 나무가 자라지 못하나
골짜기로 감도는 곳에는 초목이 무성하다.
물살이 세고 급한 곳에는 물고기가 없지만
연못이 깊으면 물고기와 자라가 모여든다.
지나치게 고상한 행동과 비좁고 급격한 마음은
군자로서 깊이 경계할 일이다.

197. 원만한 사람이 성공한다

建功立業者, 多虛圓之士.
건공입업자, 다허원지사.
분事失機者, 必執拗之人.
분사실기자, 필집요지인.

공을 세우고 사업을 이룬 사람은
대개 허심 탄회하고 원만한 사람이 많지만,
일을 실패하고 기회를 놓친 사람은
완강하고 고집이 센 사람이다.

198. 싫어하게도 기뻐하게도 하지 말라

處世，不宜與俗同，亦不宜與俗異.
처세，불의여속동，역불의여속이.
作事，不宜令人厭，亦不宜令人喜.
작사，불의영인염，역불의영인희.

세상을 살아감에 반드시 세속과 같이하지 말며
또한 세속과 다르게 하지도 말라.
일을 함에 반드시 남이 싫어하게 하지 말며
또한 남이 기뻐하게 하지도 말라.

199. 만년에 정신을 더욱 가다듬으라

旣暮而猶烟霞絢爛，歲將晩而更橙橘芳馨.
기모이유연하현란，세장만이갱등귤방형.
故末路晩年，君子更宜精神百倍.
고말로만년，군자갱의정신백배.

하루해가 저물어도 노을은 오히려 아름답고
한 해가 곧 저물려 해도
귤 향기가 더욱 향기롭다.
한 생애의 말로인 만년은
군자로서 백배로 정신을 가다듬을 때이다.

200. 재주와 총명함을 드러내지 말라

鷹立如睡，虎行似病，正是他攫人噬人手段處.
응립여수，호행사병，정시타확인서인수단처.
故君子要聰明不露 才華不逞，재有肩鴻任鉅的力量.
고군자요총명불로 재화불령，재유견홍임거적역량.

매는 조는 것 같이 서 있고
범의 병든 것처럼 걷지만
그것이 사람을 움켜잡고 사람을 무는 수단이다.
마찬가지로 사람도 총명함을 드러내지 말고
재주를 뚜렷하게 나타내지 말아야 한다.
이것이 큰 일을 두 어깨에 멜 수 있는 역량이 된다.

201. 겸양이 지나치면 비굴함이 된다

儉美德也 . 過則爲간吝 , 爲鄙嗇 , 反傷雅道 .
검미덕야 . 과즉위간린 , 위비색 , 반상아도 .
讓懿行也 . 過則爲足恭 , 爲曲謹 , 多出機心 .
양의행야 . 과즉위족공 , 위곡근 , 다출기심 .

검약은 아름다운 미덕이지만
지나치면 인색하고 천박하게 되어
오히려 정도를 손상시킨다.
겸양은 아름다운 행실이지만
지나치게 공손하고 삼가면
비굴함이 되어 본마음을 의심하게 된다.

202. 처음이 어렵다고 꺼리지 말라

毋憂拂意 . 毋喜快心 . 毋恃久安 . 毋憚初難 .
무우불의 . 무희쾌심 . 무시구안 . 무탄초난 .

뜻대로 되지 않는다고 근심하지 말며
마음에 흡족하다 기뻐하지 말라.
오랫동안 무사하기를 믿지 말고
처음이 어렵다고 꺼리지 말라.

203. 술잔치가 잦은 집은 좋은 집이 아니다

飮宴之樂多，不是個好人家．聲華之習勝，不是個好士子．
음연지락다，불시개호인가．성화지습승，불시개호사자．
名位之念重，不是個好臣士．
명위지념중，불시개호신사．

술잔치의 즐거움이 잦은 집은
훌륭한 가정이 아니고
명성을 좋아하고 화려한 것을 즐기는 사람은
훌륭한 선비가 아니며
높은 지위에 생각이 많으면
훌륭한 신하가 아니다.

204. 즐거움에 이끌려 괴로운 곳으로 간다

世人以心肯處爲樂，却被樂心引在苦處.
세인이심긍처위락，각피락심인재고처.
達士以心拂處爲樂，終爲苦心換得樂來.
달사이심불처위락，종위고심환득락래.

세상 사람은 마음에 맞는 것으로만
즐거움을 삼기 때문에
오히려 그 즐거운 마음에 이끌려
괴로운 곳에 있게 된다.
통달한 선비는 마음에 맞지 않는 것으로
즐거움을 삼기 때문에
마침내 괴로움이 즐거움으로 바뀌어 온다.

205. 만족스런 상태는 불안하다

居盈滿者，如水之將溢未溢，切忌再加一滴．
거영만자，여수지장일미일，절기재가일적．
處危急者，如木之將折未折，切忌再加一닉．
처위급자，여목지장절미절，절기재가일닉．

가득 찬 곳에 있는 사람은
마치 물이 넘칠듯 말듯함과 같아서
단 한 방울 물이라도 더하는 것을 꺼려한다.
위급한 곳에 있는 사람은
마치 나무가 꺾일듯 말듯함과 같아서
조금이라도 더 건드리는 것을 꺼려한다.

206. 냉철한 마음으로 도리를 생각하라

冷眼觀人 . 冷耳聽語 . 冷情當感 . 冷心思理 .
냉안관인 . 냉이청어 . 냉정당감 . 냉심사리 .

냉철한 눈으로 사람을 보고
냉철한 귀로 말을 들으며
냉철한 정으로 느낌을 대하고
냉철한 마음으로 도리를 생각하라.

207. 너그러우면 복이 두텁다

仁人 , 心地寬舒 . 便福厚而慶長 , 事事成個寬舒氣象 .

인인 , 심지관서 . 변복후이경장 , 사사성개관서기상 .

鄙夫 , 念頭迫促 . 便祿薄而澤短 , 事事得個薄促規模 .

비부 , 염두박촉 . 변녹박이택단 , 사사득개박촉규모 .

어진 사람은 마음이 너그러워 복이 두텁고
기쁜 일이 오래 지속되며
일마다 너그럽게 기상을 편다.
빈천한 사람은 마음이 편협하고 생각이 비좁아
복이 박하고 자손에게 미치는 은택도 짧고
일마다 좁고 옹색한 모양을 이룬다.

208. 쉽게 사귀거나 미워하지 말라

聞惡，不可就惡．恐爲讒夫洩恕．
문악，불가취악．공위참부설서．
聞善，不可急親．恐引奸人進身．
문선，불가급친．공인간인진신．

악한 말을 듣더라도 금방 미워하지 말라.
고자질하는 자의 분풀이가 두렵다.
선한 말을 듣더라도 금방 사귀지 말라.
간사한 사람의 출세를 이끌어 줄까 두렵다.

209. 평화롭고 유순하면 복이 모여든다

性燥心粗者，一事無成．
성조심조자，일사무성．
心和氣平者，百福自集．
심화기평자，백복자집．

성질이 조급하고 마음이 거친 사람은
한 가지 일도 이룰 수가 없다.
마음이 평화롭고 유순한 기상의 사람은
백 가지 복이 저절로 모여든다.

210. 사람을 쓸 때 각박하게 하지 말라

用人，不宜刻．刻則思效者去．
용인，불의각．각즉사효자거．
交友，不宜濫．濫則貢諛者來．
교우，불의람．남즉공유자래．

사람을 쓸 때는 각박하게 하지 말라.
각박하면 일하려던 사람마저 떠나 버린다.
친구를 사귈 때는 넘치지 않게 하라.
넘치면 아첨하는 사람이 다가온다.

211. 유혹 많으면 먼 곳을 바라보라

風斜雨急處，要立得脚定．花濃柳艶處，要着得眼高．
풍사우급처，요입득각정．화농류염처，요착득안고．
路危徑險處，要回得頭早．
노위경험처，요회득두조．

바람이 비껴 불고 빗발이 급한 곳에서는
다리를 굳게 세워 걸으라.
꽃향기 무르익고 버들 고운 곳에서는
눈을 들어 먼 곳을 바라보라.
위태롭고 험한 길에서는
빨리 머리를 돌려 돌아서라.

212. 절의와 온화함을 함께 갖추어라

節義之人，濟以和衷，재不啓忿爭之路.
절의지인，제이화충，재불계분쟁지로.
功名之士，承以謙德，方不開嫉妬之門.
공명지사，승이겸덕，방불개질투지문.

절의가 높은 사람은 온화한 마음을 길러야
분쟁의 길을 열지 않을 것이며
공명심이 높은 사람은 겸손한 덕을 길러야
질투의 문을 열지 않게 된다.

213. 만나기 쉬워야 정이 쌓인다

士大夫居官，不可竿牘無節．要使人難見，以杜倖端．

사대부거관，불가간독무절．요사인난견，이두행단．

居鄉，不可崖岸太高．要使人易見，以敦舊好．

거향，불가애안태고．요사인이견，이돈구호．

공직에 있을 때는
편지 한 장에도 절도가 있어야
요행을 바라는 무리에게 틈을 주지 않는다.
시골에 살 때는
고고하게 굴어서는 안 된다.
만나기 쉬워야 정을 두텁게 할 수가 있다.

214. 사람 대하기를 어려워하라

大人不可不畏．畏大人則無放逸之心．
대인불가불외．외대인즉무방일지심．
小民亦不可不畏．畏小民則無豪橫之名．
소민역불가불외．외소민즉무호횡지명．

대인을 두려워하라.
대인을 두려워하면 방종한 마음이 없어진다.
보통 사람도 또한 두려워하라.
보통 사람을 두려워하면
횡포하다는 이름을 듣지 않는다.

215. 삶이 힘들 땐 더한 사람을 생각하라

事稍拂逆，便思不如我的人，則怨尤自消.
사초불역，변사불여아적인，즉원우자소.
心稍怠荒，便思勝似我的人，則精神自奮.
심초태황，변사승사아적인，즉정신자분.

일이 뜻대로 되지 않을 때는
나보다 못한 사람을 생각하라.
원망하고 탓하는 마음이 저절로 없어진다.
마음이 게을러지려거든 나보다 나은 사람을 생각하라.
정신이 저절로 분발하게 된다.

216. 피곤하다 끝맺음을 소홀히 말라

不可乘喜而輕諾 . 不可因醉而生嗔 .
불가승희이경락 . 불가인취이생진 .
不可乘快而多事 . 不可因倦而鮮終 .
불가승쾌이다사 . 불가인권이선종 .

기쁨에 들떠 가벼이 승낙하지 말며
술 취함을 빙자하여 성내지 말라.
즐거운 마음에 들떠 일을 많이 하지 말며
고달프다 하여 끝맺음을 소홀히 말라.

217. 책을 읽되 형식에 빠지지 말라

善讀書者，要讀到手舞足蹈處，方不落筌蹄.
선독서자，요독도수무족도처，방불락전제.
善觀物者，要觀到心融神洽時，方不泥迹象.
선관물자，요관도심융신흡시，방불니적상.

독서를 잘 하는 사람은
책을 읽어 손발이 저절로 춤추게 되어야 한다.
그리되어야 형식에 떨어지지 않게 된다.
사물을 잘 관찰하는 사람은
마음과 정신이 무르익어
사물과 하나가 되는 경지에 이르러야 한다.
그래야 비로소 외형에 구애되지 않는다.

218. 현명한 자 부유한 자 베풀라

天賢一人 , 以誨衆人之愚 , 而世反逞所長 , 以形人之短 .
천현일인 , 이회중인지우 , 이세반령소장 , 이형인지단 .
天富一人 , 以濟衆人之困 , 而世反挾所有 , 以凌人之貧 .
천부일인 , 이제중인지곤 , 이세반협소유 , 이능인지빈 .
眞天之戮民哉!
진천지륙민재!

하늘은 한 사람을 현명하게 하여
많은 사람의 어리석음을 가르치게 했으나
세상은 오히려
제 장점만을 휘둘러 남의 단점만을 드러내려 한다.
하늘은 한 사람을 부유하게 하여
많은 사람의 가난을 건지려 했으나
세상은 오히려 제 가진 것만 믿고
가난한 사람을 업신여기려 든다.
참으로 천벌을 받을 일이다.

219. 어중간한 사람이 같이하기 어렵다

至人，何思? 何慮?
지인，하사? 하려?
愚人，不識不知，可與論學．亦可與建功．
우인，불식부지，가여논학．역가여건공．
唯中才的人，多一番思慮知識，
유중재적인，다일번사려지식，
便多一番億度猜疑，事事難與下手．
변다일번억탁시의，사사난여하수．

통달한 사람이 무엇을 생각하고 무엇을 근심하랴.
어리석은 사람은 아는 것도 없고 생각마저 없어
더불어 학문을 논할 수도 있고
더불어 공업도 이룰 수 있다.
그러나 그 중간에 드는 사람은
나름대로 지식과 생각이 많고 억측과 시기도 많아
일마다 더불어 하기가 어렵다.

220. 입은 마음의 문이다

口乃心之門 . 守口不密 , 洩盡眞機 .
구내심지문 . 수구불밀 , 설진진기 .
意乃心之足 . 防意不嚴 , 走盡邪蹊 .
의내심지족 . 방의불엄 , 주진사혜 .

입은 곧 마음의 문이다.
입 지키기를 엄밀히 못 하면
마음의 참된 기밀이 모두 누설된다.
뜻은 곧 마음의 발이다.
뜻 막기를 엄격히 못 하면
마음은 그릇된 길로 달아나 버린다.

221. 꾸짖을 때는 허물 없음을 찾아라

責人者，原無過於有過之中，則情平．
책인자，원무과어유과지중，즉정평．
責己者，求有過於無過之內，則德進．
책기자，구유과어무과지내，즉덕진．

남을 꾸짖을 때는
허물 있는 중에서 허물없음을 찾아내라.
그러면 감정이 평온해진다.
자기를 꾸짖을 때는
허물없는 중에서 허물 있음을 찾아내라.
그러면 덕이 자라난다.

222. 어린이는 어른의 씨앗이다

子弟者，大人之胚胎．秀才者，士夫之胚胎．
자제자，대인지배태．수재자，사부지배태．
此時，若火力不到 陶鑄不純，
차시，약화력부도 도주불순，
他日，涉世立朝，終難成個令器．
타일，섭세입조，종난성개영기．

어린이는 어른의 씨앗이요
수재는 훌륭한 사람의 씨앗이다.
이때 만약 화력이 모자라고 단련이 서툴면
훗일 세상에 나아가 일을 맡을 때
훌륭한 그릇을 이루기 어렵다.

223. 군자는 권세를 두려워 않는다

君子處患難而不憂．當宴遊而칙慮．

군자처환난이불우．당연유이척려．

遇權豪而不懼．對경獨而警心．

우권호이불구．대경독이경심．

군자는 환난을 당하여도 근심하지 않으나

즐거운 때를 당하여는 근심하며,

권세 있는 사람을 만나서는 두려워하지 않으나

외로운 사람을 만나서는 마음 아파한다.

224. 늦게 이루는 것이 낫다

桃李雖艶，何如松蒼栢翠之堅貞?
도리수염，하여송창백취지견정?
梨杏雖甘，何如橙黃橘綠之馨冽?
이행수감，하여등황귤녹지형렬?
信乎! 濃夭不及淡久．早秀不如晩成也．
신호! 농요불급담구．조수불여만성야．

복숭아꽃 오얏꽃이 비록 곱지만
어찌 저 푸른 송백의 굳고 곧음만 하랴.
배와 살구가 비록 달지만
노란 유자와 푸른 귤의 맑은 향기만 하랴.
참으로 옳은 말이다.
너무 고와 빨리 지느니보다
담백하여 오래가는 것이 좋고
일찍 빼어나느니보다
늦게 이루는 것이 한결 낫다!

225. 고요함 속에 인생을 보고 마음을 안다

風恬浪靜中，見人生之眞境．
풍념랑정중，견인생지진경．
味淡聲希處，識心體之本然．
미담성희처，식심체지본연．

바람 자고 물결 고요한 가운데
인생의 참된 경지를 보고,
맛이 담담하고 소리가 드문 곳에서
마음의 본 모습을 안다.

[후집]

1. 즐거움을 말하는 자 참 멋을 모른다

談山林之樂者，未必眞得山林之趣.
담산림지락자，미필진득산림지취.
厭名利之談者，未必盡忘名利之情.
염명리지담자，미필진망명리지정.

산림에 사는 즐거움을 말하는 자는
아직도 자연의 참 멋을 깨닫지 못했기 때문이다.
명리에 관한 말을 꺼리는 자는
아직도 명예와 이욕에 미련이 있기 때문이다.

2. 재능이 많은 것이 무능함만 못하다

釣水，逸事也．尙持生殺之柄．
조수，일사야．상지생살지병．
奕기，淸戱也．且動戰爭之心．
혁기，청희야．차동전쟁지심．
可見喜事不如省事之爲適 多能不若無能之全眞．
가견희사불여생사지위적 다능불약무능지전진．

낚시질이 즐거운 일이지만
오히려 살리고 죽이는 마음이 있고
바둑 장기가 맑은 놀이지만
승패를 다투는 마음이 있다.
보라, 일을 좋아하는 것은
일을 덜어내는 것만 못하고
재능이 많은 것은 무능하여 천진함만 못하다.

3. 눈에 보이는 모두가 본체는 아니다

鶯花茂而山濃谷艶 , 總是乾坤之幻境 .
앵화무이산농곡염 , 총시건곤지환경 .
水木落而石瘦崖枯 , 재是天地之眞吾 .
수목낙이석수애고 , 재시천지지진오 .

꾀꼬리 우짖고 꽃들 만발해
산과 계곡이 아름답다 해도
모두 천지에 드러난 한 때의 환경일 뿐이고.
물이 마르고 나뭇잎 떨어져
바위며 돌과 벼랑이 앙상하게 드러나면
그것이 바로 천지의 참모습이다.

4. 마음이 바쁘면 세월이 짧다

歲月本長 , 而忙者自促 . 天地本寬 , 而鄙者自隘 .
세월본장 , 이망자자촉 . 천지본관 , 이비자자애 .
風花雪月本閒 , 而勞攘者自冗 .
풍화설월본한 , 이노양자자용 .

세월은 원래 길건만
마음 바쁜 사람이 스스로 짧다 한다.
천지는 원래 끝없이 넓지만
마음 좁은 사람이 스스로 좁다 한다.
바람과 꽃, 눈과 달은 원래 한가롭지만
일에 바쁜 사람이 스스로 번거롭다 한다.

5. 정취는 마음속에 있다

得趣不在多 . 盆池拳石間 , 烟霞具足 .
득취부재다 . 분지권석간 , 연하구족 .
會景不在遠 . 蓬窓竹屋下 , 風月自사 .
회경부재원 . 봉창죽옥하 , 풍월자사 .

정취는 많은 것에서 얻는 것이 아니다.
좁은 연못과 작은 돌멩이 하나에도
연기와 안개가 깃든다.
좋은 경치는 먼 곳에 있지 않다.
오막살이 초가집에도
맑은 바람과 밝은 달빛이 스민다.

6. 몸 밖의 몸을 엿본다

聽靜夜之鐘聲，喚醒夢中之夢.
청정야지종성，환성몽중지몽.
觀澄潭之月影，窺見身外之身.
관징담지월영，규견신외지신.

고요한 밤의 종소리에
꿈속의 꿈을 불러 깨우고,
맑은 연못에 드리운 달 그림자에
몸밖의 몸을 엿본다.

7. 어느 곳에나 깨달음은 있다

鳥語蟲聲，總是全心之訣．花英草色，無非見道之文．
조어충성，총시전심지결．화영초색，무비견도지문．
學者要天機淸澈 胸次玲瓏，觸物皆有會心處．
학자요천기청철 흉차영롱，촉물개유회심처．

우짖는 새소리나 벌레소리는
모두 다 이심전심의 비결이고
아름다운 꽃잎도 풀빛도 모두 도의 문장이다.
배우는 이는 마음을 밝게 하고
가슴속을 영롱하게 하면
듣고 보는 것마다 깨달음이 있다.

8. 형체보다 정신을 중시하라

人解讀有字書，不解讀無字書．知彈有絃琴，不知彈無絃琴．
인해독유자서，불해독무자서．지탄유현금，부지탄무현금．
以跡用，不以神用，何以得琴書之趣?
이적용，불이신용，하이득금서지취?

글자가 있는 책은 읽으면서도
글자가 없는 책은 읽지 못하고
줄 있는 거문고는 탈 줄 알면서
줄 없는 거문고는 탈 줄 모른다.
형체 있는 것만 쓸 줄 알고
그 정신은 쓸 줄 모르니
거문고와 책의 참 맛 어찌 알겠나.

9. 물욕이 없으면 근심도 없다

心無物欲, 卽是秋空霽海.
심무물욕, 즉시추공제해.
坐有琴書, 便成石室丹丘.
좌유금서, 변성석실단구.

마음에 물욕이 없으면
이는 곧 가을 하늘과 잔잔한 바다이며
자리에 거문고와 책이 있으면
이는 곧 신선의 집이다.

10. 즐거움 뒤에는 쓸쓸함이 남는다

賓朋雲集，劇飮淋리樂矣，俄而漏盡燭殘，香銷茗冷，
빈붕운집，극음임리락의，아이누진촉잔，향소명냉，
不覺反成嘔咽，令人索然無味.
부각반성구열，영인색연무미.
天下事率類此，人奈何不早回頭也?
천하사솔유차，인내하부조회두야?

손님과 벗들이 구름처럼 모여
마시고 노는 것은 즐거운 일이지만
잠시 후 시간이 다하여
촛불 가물대고 향로의 연기마저 사라지며
차까지 식고 나면,
모르는 사이 흐느낌을 자아내어
사람을 무한히 쓸쓸하게 한다.
세상일이 모두 이러한데도
사람들은 왜 빨리 생각을 돌리지 않는가?

11. 통찰력을 길러라

會得個中趣，五湖之烟月，盡入寸裡.
회득개중취，오호지연월，진입촌리.
破得眼前機，千古之英雄，盡歸掌握.
파득안전기，천고지영웅，진귀장악.

사물 속에 깃든 참된 맛을 깨달으면
오호의 풍경도 마음 속에 들어오고,
눈앞에 있는 자연의 기틀을 깨달으면
천고의 영웅들도 손아귀에 들어온다.

12. 밝은 지혜가 밝은 마음이다

山河大地, 已屬微塵, 而況塵中之塵?
산하대지, 이속미진, 이황진중지진?
血肉身軀, 且歸泡影, 而況影外之影?
혈육신구, 차귀포영, 이황영외지영?
非上上智, 無了了心.
비상상지, 무료료심.

산하와 대지도 작은 티끌에 속하는데
하물며 티끌 속의 티끌에 있어서랴.
사람의 몸뚱이도 물거품과 그림자에 지나지 않는데
하물며 그림자 밖의 그림자에 있어서랴.
아주 밝은 지혜가 아니고서는
밝은 마음이란 있을 수 없다.

13. 아웅다웅 살아 무엇을 얻으려나

石火光中，爭長競短，幾何光陰?
석화광중，쟁장경단，기하광음?
蝸牛角上，較雌論雄，許大世界?
와우각상，교자논웅，허대세계?

석화같이 빠른 빛 속에서
길고 짧음을 다툰들 그 세월이 얼마이며.
달팽이 뿔 위에서 자웅을 겨룬들
그 세계가 얼마나 크겠는가.

14. 인간적인 생명력이 넘쳐야 한다

寒燈無焰，폐구無溫，總是播弄光景．
한등무염，폐구무온，총시파농광경．
身如槁木，心似死灰，不免墮在頑空．
신여고목，심사사회，불면타재완공．

가물거리는 등잔에는 불꽃이 없고
떨어진 갖옷에는 따뜻함이 없나니
이는 모두 살풍경이요.
몸은 마른 나무 같고 마음은 식은 재 같다면
완공에 떨어지고 만다.

15. 끝낼 때를 찾으면 끝낼 수가 없다

人肯當下休 , 便當下了 .
인긍당하휴 , 변당하료 .
若要尋個歇處 , 則婚嫁雖完 , 事亦不少 .
약요심개헐처 , 즉혼가수완 , 사역불소 .
僧道雖好 , 心亦不了 .
승도수호 , 심역불료 .
前人云 , "如今休去 , 便休去 , 若覓了時 , 無了時" ,
전인운 , "여금휴거 , 변휴거 , 약멱료시 , 무료시" ,
見之卓矣 .
견지탁의 .

생각날 때 그치면 그만 둘 수 있으나
만약 그만둘 곳을 찾는다면
아들 딸 모두 혼인시켜도 남은 일은 또 있다.
스님과 도사가 좋다고 하지만
그 마음으로는 깨달을 수가 없다.
옛사람이 말했다.
"당장 쉬면 쉴 수 있지만,

끝날 때를 찾는다면 끝날 때가 없으리라."
참으로 옳은 생각이다.

16. 한가로운 즐거움이 가장 크다

從冷視熱 , 然後知熱處之奔走無益 .
종냉시열 , 연후지열처지분주무익 .
從冗入閑 , 然後覺閑中之滋味最長 .
종용입한 , 연후각한중지자미최장 .

냉정해진 다음 열광했던 때를 생각해 보면
정열에 이끌려 분주함이 무익함을 알게 되고
번거로움에서 한가로움으로 들어가 보면
한가로운 즐거움이 가장 깊음을 알게 된다.

17. 집착하면 부자연스럽다

有浮雲富貴之風，而不必巖棲穴處．
유부운부귀지풍，이불필엄서혈처．
無膏황泉石之癖，而常自醉酒耽詩．
무고황천석지벽，이상자취주탐시．

부귀를 뜬구름으로 여기는 기풍이 있어도
심산 유곡에 살 필요는 없고.
자연을 좋아하는 고질병이 없다 해도
스스로 술을 즐기며 시를 탐하게 된다.

18. 혼자 깨어 있음을 자랑하지 말라

競逐，聽人而不嫌盡醉．恬淡，適己而不誇獨醒．
경축，청인이불혐진취．염담，적기이불과독성．
此釋氏所謂 "不爲法纏，不爲空纏，身心兩自在"者．
차석씨소위 "불위법전，불위공전，신심양자재"자．

명리의 다툼은 남들에게 맡기고,
모두가 명리에 취했어도 미워하지 말라.
고요하고 담백함을 내가 즐기더라도
혼자 깨어 있음을 자랑하지 말라.
이는 부처님이 이르는 것처럼
법에도 매이지 않고 공에도 매이지 않아
몸과 마음이 다 자유로운 것이다.

19. 뜻이 넓으면 세상도 넓다

延促由於一念，寬窄係之寸心.

연촉유어일념，관착계지촌심.

故機閑者，一日遙於千古，意廣者，斗室寬若兩間.

고기한자，일일요어천고，의광자，두실관약양간.

길고 짧은 것은 한 생각에 달려 있고
넓고 좁은 것은 한 마음에 달려 있다.
마음이 한가로우면 하루가 천년보다 길고
뜻이 넓은 사람은
좁은 방도 하늘과 땅 사이만큼 넓다.

20. 잊어야 함까지 잊어버리자

損之又損 , 栽花種竹 , 진交還烏有先生 .
손지우손 , 재화종죽 , 진교환오유선생 .
忘無可忘 , 焚香煮茗 , 總不問白衣童子 .
망무가망 , 분향자명 , 총불문백의동자 .

욕심을 덜어내고
꽃을 가꾸며 대나무 심어
이 몸 이대로 무위로 돌아가리.
잊어야함도 잊고 향 사르고 차를 달여
술 가져올 사람을 물어 무엇하리요.

21. 만족하면 그 곳이 선경이다

都來眼前事，知足者仙境，不知足者凡境．
도래안전사，지족자선경，부지족자범경．
總出世上因，善用者生機，不善用者殺機．
총출세상인，선용자생기，불선용자살기．

눈앞에 일에 만족하면 선경이지만
만족할 줄 모르면 속세이다.
세상에 나타나는 모든 인연은
잘 쓰는 사람에겐 생기가 되고
잘못 쓰는 사람에겐 살기가 된다.

22. 담담히 사는 삶이 오래 간다

趨炎附勢之禍，甚慘亦甚速.
추염부세지화，심참역심속.
棲恬守逸之味，最淡亦最長.
누념수일지미，최담역최장.

권력에 아첨하고 세력을 좇는 재앙은
참담하며 빠르게 다가오고
고요하게 살고 편안함을 지키는 맛은
가장 맑고 가장 오래간다.

23. 마음 한가하니 신선이 부러우랴

松澗邊, 携杖獨行, 立處, 雲生破衲.
송간변, 휴장독행, 입처, 운생파납.
竹窓下, 枕書高臥, 覺時, 月侵寒氈.
죽창하, 침서고와, 각시, 월침한전.

소나무 우거진 시냇가를
지팡이 짚고서 홀로 가노라니
서는 곳곳 헌 옷에 구름은 일고
대 우거진 창가에
책 베고 누웠다 깨어 보니
낡은 담요에 달빛이 스며 있네

24. 병들 때와 죽을 때를 생각하라

色慾火熾 , 而一念及病時 , 便興似寒灰 .
색욕화치 , 이일념급병시 , 변흥사한회 .
名利飴甘 , 而一想到死地 , 便味如嚼蠟 .
명리이감 , 이일상도사지 , 변미여작랍 .
故人常憂死慮病 , 亦可消幻業而長道心 .
고인상우사려병 , 역가소환업이장도심 .

욕정이 불길처럼 타올라도
문득 병든 때를 생각하면
그 기분은 식은 재로 바뀌고
명예와 이욕이 엿 같이 달다해도
문득 죽음을 생각하면
그 맛은 납을 씹는 것과 같다.
사람이 병과 죽음을 걱정하고 생각하면
헛된 일을 버리고 참마음을 기르게 된다.

25. 물러서면 그 만큼 여유가 있다

爭先的徑路窄，退後一步，自寬平一步.
쟁선적경로착，퇴후일보，자관호일보.
濃艶的滋味短，淸淡一分，自悠長一分.
농염적자미단，청담일분，자유장일분.

앞 다투면 길은 좁으니
한 걸음만 물러서면 한 걸음이 넓어진다.
곱고 진한 맛은 짧으니
조금만 맑고 담백하게 하면
저절로 그 만큼이 길어진다.

26. 죽을 때 마음이 흔들리지 않으려면

忙處不亂性，須閑處心神兩得淸．
망처불란성，수한처심신양득청．
死時不動心，須生時事物看得破．
사시부동심，수생시사물간득파．

바쁠 때 성정을 어지럽히지 않으려면
모름지기 한가한 때에 심신을 맑게 길러야 한다.
죽을 때 마음이 흔들리지 않으려면
살아 있을 때에
사물의 참모습을 꿰뚫어 알아야 한다.

27. 도의의 삶에는 변덕이 없다

隱逸林中 , 無榮辱 . 道義路上 , 無炎凉 .
은일림중 , 무영욕 . 도의노상 , 무염량 .

세속을 떠난 숲 속에는
영화도 오욕도 없고
도의의 길 위에는
인정의 변화가 없다.

28. 덥다는 마음이 없으면 더위도 없다

熱不必除，而除此熱惱，身常在淸凉臺上．
열불필제，이제차열뇌，신상재청량대상．
窮不可遣，而遣此窮愁，心常居安樂窩中．
궁불가견，이견차궁수，심상거안락와중．

더위를 없앨 수는 없더라도
덥다고 괴로워하는 마음을 없앤다면
항상 몸은 서늘한 누대 위에 있을 수 있다.
가난은 없앨 수 없을지라도
가난을 근심하는 그 생각을 쫓으면
마음은 항상 안락한 집에 살 수 있다.

29. 나아갈 때 물러섬을 생각하라

進步處，便思退步，庶免觸藩之禍．
진보처，변사퇴보，서면촉번지화．
著手時，先圖放手，재脫騎虎之危．
저수시，선도방수，재탈기호지위．

나아갈 때
물러섬을 생각하면
진퇴양난 재앙을 면할 수 있고
손을 댈 때에 손 뗄 것을 생각하면
호랑이 타는 위태로움을 벗을 수 있다.

30. 만족할 줄 모르면 거지와 같다

貪得者分金，恨不得玉．封公，怨不受侯，權豪自甘乞개．
탐득자분금，한부득옥．봉공，원부수후，권호자감걸개．
知足者藜羹，旨於膏粱．布袍，煖於狐학，編民不讓王公．
지족자려갱，지어고량．포포，난어호학，편민불양왕공．

탐욕이 많은 자는
금을 주면 옥 없음을 한탄하고
공의 자리에 앉히면
제후가 되지 못한 것을 불평한다.
이는 권세와 부귀의 자리에 있으면서도
거지 행세를 하는 것과 다르지 않다.
그러나 만족할 줄 아는 사람은
명아주국도 고기나 쌀밥보다 달게 여기고
베옷도 털옷보다 따뜻하게 여기나니
서민이면서도 왕공을 부러워하지 않는다.

31. 능숙함보다 한가로움이 좋다

矜名，不羞逃名趣．
긍명，불수도명취．
練事，何如省事閑．
연사，하여생사한．

명예를 자랑함은
명예에서 달아나는 것보다도 못하고
일에 능숙한 것은
일을 줄여 한가로움보다도 못하다.

32. 깨달은 자는 어디서나 유유자적한다

嗜寂者，觀白雲幽石而通玄．趨榮者，見淸歌妙舞而忘倦．
기적자，관백운유석이통현．추영자，견청가묘무이망권．
唯自得之士，無喧寂，無榮枯，無往非自適之天．
유자득지사，무훤적，무영고，무왕비자적지천．

고요함을 즐기는 사람은
흰 구름과 그윽한 바위에서 도를 깨닫고
영화로움과 이욕을 좇는 사람은
아름다운 노래와 기묘한 춤에서 피곤을 풀지만
깨달은 선비는 시끄러움과 고요함을 가리지 않으며
또 영화로움과 쇠퇴함이 없어
가는 곳마다 유유자적한다.

33. 구름은 가고 머뭄에 거리낌이 없다

孤雲出岫，去留一無所係.
고운출수，거류일무소계.
郞鏡懸空，靜躁兩不相干.
낭경현공，정조양불상간.

외로운 구름이 산골짜기에서 피어나
가고 머물음에 조금도 거리낌 없고
밝은 달은 하늘에 걸려
고요함도 시끄러움도 개의치 않는다.

34. 담백한 맛이 참된 맛이다

悠長之趣，不得於농엄，而得於철菽飮水．
유장지취，부득어농엄，이득어철숙음수．
추창之懷，不生於枯寂，而生於品竹調絲．
추창지회，불생어고적，이생어품죽조사．
固知濃處味常短　淡中趣獨眞也．
고지농처미상단　담중취독진야．

유장한 맛은 부귀에서 얻는 게 아니라
콩 씹고 물 마시는 데서 얻을 수 있고
그리운 정취는 고독과 적막에서 생기는 것이 아니라
피리를 불고 거문고를 뜯는 데서 생긴다.
참으로 짙은 맛은 항상 짧으며
담백한 맛만이 오직 참될 뿐이다.

35. 마음이 없으면 저절로 가깝다

禪宗曰, "饑來喫飯 倦來眠", 詩旨曰, "眼前景致口頭語".

선종왈, "기래끽반 권래면}, 시지왈, "안전경치구두어".

蓋極高寓於極平, 至難出於至易,

개극고우어극평, 지난출어지이,

有意者反遠, 無心者自近也.

유의자반원, 무심자자근야.

선종에서는 배고프면 밥 먹고 피곤하면 잠잔다 했고

시지에서는 눈앞의 경치를 평범한 말로 나다낸다 했다.

대개 아주 높은 것은 아주 낮은 것에 깃들고,

지극히 어려운 것은 지극히 쉬운 것에서 나온다

뜻이 있으면 오히려 멀고

마음에 없으면 저절로 가깝다.

36. 물은 흘러도 소리가 없다

水流而境無聲，得處喧見寂之趣.
수류이경무성，득처훤견적지취.
山高而雲不碍，悟出有入無之機.
산고이운불애，오출유입무지기.

물은 흘러도 주위엔 소리가 없나니
시끄러운 곳에서 고요함을 느끼는 맛을 얻어라.
산이 높아도 구름은 거리끼지 않나니
유에서 나와 무로 들어가는 기틀을 깨달으라.

37. 집착하면 선경도 고해가 된다

山林是勝地．一營戀，便成市朝．
산림시승지．일영연，변성시조．
書畫是雅事．一貪痴，便成商賈．
서화시아사．일탐치，변성상고．
蓋心無染著，欲界是仙都．心有係戀，樂境成苦海矣．
개심무염저，욕계시선도．심유계연，낙경성고해의．

산림은 참으로 좋은 곳이지만
집착하게 되면 산림도 시장판이 되고
글씨와 그림은 참으로 멋있지만
욕심에 빠져들면 장사꾼이 되고 만다.
마음이 물들지 않으면 속세도 선경이 되고
마음이 집착하게 되면 선경도 고해가 된다.

38. 주변이 고요하면 마음도 맑아진다

時當喧雜 , 則平日所記憶者皆漫然忘去 .
시당훤잡 , 즉평일소기억자개만연망거 .
境在淸寧 , 則夙昔所遺忘者又恍爾現前 .
경재청녕 , 즉숙석소유망자우황이현전 .
可見靜躁稍分　昏明頓異也 .
가견정조초분　혼명돈이야 .

시끄럽고 복잡하면
평소의 밝던 기억도 흐릿하게 잊혀지고,
맑고 고요한 자리에 있으면
지난 날 잊었던 것도 되살아난다.
고요함과 시끄러움이 조금만 나뉘어져도
마음의 밝고 어두움이 뚜렷이 달라진다.

39. 가난해도 욕심이 없으면 선경에 산다

蘆花被下 , 臥雪眠雲 , 保全得一窩夜氣 .
노화피하 , 와설면운 , 보전득일와야기 .
竹葉杯中 , 吟風弄月 , 타離了萬丈紅塵 .
죽엽배중 , 음풍농월 , 타리료만장홍진 .

갈대꽃 이불 덮고
눈밭에 누워 구름 위에 잠을 자도
밤 기운은 능히 막을 수 있다.
술잔을 들고
바람을 노래하고 달빛을 희롱하면
세상의 온갖 더러움
모두 떨쳐 낼 수 있다.

40. 속된 것은 고상함만 못하다

袞冕行中，著一藜杖的山人，便增一段高風．
곤면행중，저일려장적산인，변증일단고풍．
漁樵路上，著一袞衣的朝士，轉添許多俗氣．
어초로상，저일곤의적조사，전첨허다속기．
固知濃不勝淡　俗不如雅也．
고지농불승담　속불여아야．

높은 벼슬아치 무리 속에
명아주 지팡이 짚은 산인 한 명 섞이면
한결 고상한 멋이 더해지고,
고기잡이와 나무꾼이 다니는 길 위에
관복 입은 벼슬아치 한 명이 끼면
오히려 속된 기운 더하게 된다.
참으로 짙은 것은
담박한 것만 못하고
속된 것은 고상한 것보다 못하다.

41. 도피는 초탈이 아니다

出世之道, 卽在涉世中. 不必絶人以逃世.
출세지도, 즉재섭세중. 불필절인이도세.
了心之功, 卽在盡心內. 不必絶欲以灰心.
요심지공, 즉재진심내. 불필절욕이회심.

세상살이를 초탈하는 길은
세상살이 속에 있나니
반드시 인연을 끊고
세상에서 숨어 버릴 일은 아니다.
마음을 깨닫는 길은
마음 다하는 속에 있나니
반드시 욕심을 다 끊어 버리고
마음을 꺼진 재처럼 해야 하는 것은 아니다.

42. 몸은 한가롭게 마음은 고요하게 하라

此身常放在閒處，榮辱得失，誰能差遣我?
차신상방재한처，영욕득실，수능수견아?
此心常安在靜中，是非利害，誰能瞞昧我?
차심상안재정중，시비이해，수능만매아?

몸을 언제나 한가로움 속에 머물게 한다면
영욕과 득실 어느 것도
나를 어긋나게 할 수 없다.
마음을 언제나 고요함 속에 있게 한다면
시비와 이해 어느 것도
나를 어둡게 할 수가 없다.

43. 검소하고 고요함 속에 참 멋이 있다

竹籬下，忽聞犬吠鷄鳴，恍似雲中世界．
죽리하，홀문견폐계명，황사운중세계．
芸窓中，雅聽蟬吟鴉조，方知靜裡乾坤．
운창중，아청선음아조，방지정리건곤．

대나무 울타리 밑에
홀연히 개 짖고 닭 우는 소리 들리니
황홀한 구름 속 세상에 머무는 것 같고
서재 안에서
매미 소리 갈가마귀 소리 들으니
마침내 고요 속의 천지를 안다.

44. 앞서기를 다투지 않으니 위기도 없다

我不希榮，何憂乎利祿之香餌.
아불희영，하우호이녹지향이.
我不競進，何畏乎仕官之危機.
아불경진，하외호사관지위기.

내가 영화를 바라지 않으니
이익과 봉록의 달콤한 미끼 근심이 없고
내가 나서기를 다투지 않으니
벼슬살이 위기의 두려움이 없다.

45. 도락에 빠져 본심을 잃지 말라

於山林泉石之間，而塵心漸息．

어산림천석지간，이진심점식．

夷書圖畵之內，而俗氣漸消．

이유어시서도화지내，이속기점소．

故君子雖不玩物喪志，亦常借境調心．

고군자수불완물상지，역상차경조심．

숲 속 맑은 샘과 바위 사이 거닐면
때묻은 마음 어느덧 사라지고
시서와 그림에 마음을 두면
속된 마음은 저절로 사라진다.
군자는 도락에 빠져 본심을 잃지 않고
그윽한 경지를 빌어 그 마음을 고른다.

46. 봄보다 가을이 좋다

春日氣象繁華，令人心神태蕩，不若秋日雲白風淸

춘일기상번화，영인심신태탕，불약추일운백풍청

蘭芳桂馥 水天一色 上下空明，使人神骨俱淸也.

난방계복 수천일색 상하공명，사인신골구청야.

봄날 경치 화창하여

사람의 몸과 마음 호탕하게 해주지만

가을날 흰 구름과 맑은 바람

꽃다운 난초와 향기로운 계수나무

물과 하늘 한 빛으로 천지가 맑고 밝아

사람의 몸과 마음 함께 맑게 해주는 가을만 하랴.

47. 외적 형식보다 내면의 정신이 중요하다

一字不識, 而有詩意者, 得詩家眞趣.
일자불식, 이유시의자, 득시가진취.
一偈不參, 而有禪味者, 悟禪教玄機.
일게불참, 이유선미자, 오선교현기.

글자 한자를 모르더라도
시의 의미를 아는 사람은
시인의 참 멋을 얻을 수 있고
한 구절의 게송도 익히지 못했어도
선의 묘미를 아는 사람은
선의 현묘한 뜻을 깨달을 수 있다.

48. 활 그림자도 뱀으로 보인다

機動的，弓影疑爲蛇蝎，寢石視爲伏虎，此中渾是殺氣．
기동적，궁영의위사갈，침석시위복호，차중혼시살기．
念息的，石虎可作海鷗，蛙聲可當鼓吹，觸處俱是眞機．
염식적，석호가작해구，와성가당고취，촉처구시진기．

마음이 혼란하면
활 그림자도 뱀으로 보이고
그대로의 바위도 호랑이로 보이나니
이러한 곳에 있는 것은 모두가 살기이다.
마음 고요하면 호랑이도 갈매기로 만들 수 있고
개구리소리도 아름다운 음악으로 들리나니
대하는 것마다 참 기틀을 보게 된다.

49. 몸과 마음을 자연의 섭리에 맡겨라

身如不繫之舟 , 一任流行坎止 .
신여불계지주 , 일임유행감지 .
心似既灰之木 , 何妨刀割香塗 .
심사기회지목 , 하방도할향도 .

몸은 매이지 않은 배와 같이 하여
가고 멈춤을 흐름에 맡겨 두고
마음은 이미 재 된 나무와 같이 하여
칼로 쪼개거나 향을 바르거나 아랑곳하지 마라.

50. 사람의 정은 대상에 따라 달라진다

人情，聽鶯啼則喜，聞蛙鳴則厭，
인정，청앵제즉희，문와명즉염，
見花則思培之，遇草則欲去之．但是以形氣．
견화즉사배지，우초즉욕거지．단시이형기．
若以性天視之，何者非自鳴其天機 非自暢其生意也?
약이성천시지，하자비자명기천기 비자창기생의야?

사람의 정이란
꾀꼬리 우는 소리를 들으면 즐거워하고
개구리소리를 들으면 싫어한다.
꽃을 보면 가꾸고 싶어하고
풀을 보면 뽑아버리려 한다.
이것은 모두 형체만을 보기 때문이다.
만약 천성을 보게 된다면
어느 소리가 천리의 표현이 아니겠으며
어느 삶이 자연적인 의지가 아니겠는가.

51. 보이는 모든 것은 끊임 없이 변한다

髮落齒疎 , 任幻形之彫謝 .
발락치소 , 임환형지조사 .
鳥吟花笑 , 識自性之眞如 .
조음화소 , 식자성지진여 .

머리칼 빠지고 이빨 성글어지는 것은
허무한 형체의 시들어짐에 맡겨두고
새는 노래하고 꽃이 핀 곳에서는
자연의 참된 진리를 알라.

52. 욕심이 많은 자는 자유가 없다

欲其中者 , 波沸寒潭 , 山林不見其寂 .
욕기중자 , 파비한담 , 산림불견기적 .
虛其中者 , 凉生酷暑 , 朝市不知其喧 .
허기중자 , 냉생혹서 , 조시부지기훤 .

마음에 욕심이 있는 사람은
차가운 연못에도 물결이 끓어올라
자연에 묻혀 살아도 고요함을 보지 못하고
마음이 비어 있는 사람은
무더위 속에서도 서늘한 기운이 일어
시장 한복판에 살아도
시끄러움을 모른다.

53. 마음 편한 것이 부귀보다 낫다

多藏者厚亡，故知富不如貧之無慮.
다장자후망，고지부불여빈지무려.
高步者疾顚，故知貴不如賤之常安.
고보자질전，고지귀불여천지상안.

많이 지닌 사람은 많이 잃게 되니
부자가 가난한 사람의 근심 없음만 못하고
높이 걷는 사람은 빨리 넘어지니
귀한 사람이 천한 사람의 편안함만 못하다.

54. 새벽 창가에서 주역을 읽고

讀易曉窓，丹砂研松間之露.
독역효창，단사연송간지로.
談經午案，寶磬宣竹下之風.
담경오안，보경선죽하지풍.

새벽 창가에서 주역을 읽고
솔숲의 이슬로 붉은 먹을 간다.
한낮의 책상 앞에 불경을 듣노라면
대숲 바람이 경쇠를 울린다.

55. 화분 속의 꽃은 생기가 없다

花居盆內 , 終乏生機 . 鳥入籠中 , 便減天趣 .
화거분내 , 종핍생기 . 조입롱중 , 변멸천취 .
不若山間花鳥 , 錯集成文 , 고翔自若 , 自是悠然會心 .
불약산간화조 , 착집성문 , 고상자약 , 자시유연회심 .

화분 속에 꽃은 생기가 없고
새장 속의 새는 자연의 멋이 없이 측은하다
산 속의 꽃과 새가 하나로 어우러져
아름답게 마음껏 날아다니는 데서
유연한 묘미를 깨닫게 된다.

56. 참다운 나를 자각하고 발견하라

世人只緣認得我字太眞，故多種種嗜好 種種煩惱．
세인지연인득아자태진，고다종종기호 종종번뇌．
前人云，"不復知有我，何知物爲貴?"
전인운，"불부지유아，하지물위귀?"
又云，"知身不是我，煩惱更何侵?" 眞破的之言也．
우운，"지신불시아，번뇌갱하침?" 진파적지언야．

세상 사람들은
자신만이 참된 것으로 알기 때문에
여러가지 기호와 번뇌에 싸인다.
옛사람이 이르기를
"내가 있음을 모르면서 어찌 물건 귀함을 알겠는가"
다시 이르기를
"이 몸이 내가 아닌 줄 안다면
번뇌가 어떻게 침범할 수 있겠는가?"라 했다.
참으로 옳은 말이다.

57. 늙은이의 눈으로 젊음을 보면

自老視少，可以消奔馳角逐之心.
자로시소，가이소분치각축지심.
自瘁視榮，可以絶紛華靡麗之念.
자췌시영，가이절분화미려지념.

늙은이의 눈으로 젊음을 보면
바쁘게 달리고 서로가 다투는 마음이 사라지고
쇠락한 이의 눈으로 영화로움을 보면
사치와 화려한 생각을 끊을 수 있다.

58. 세태와 인정은 변하는 것이다

人情世態，숙忽萬端，不宜認得太眞. 堯夫云，
인정세태，숙홀만단，불의인득태진. 요부운，
"昔日所云我，而今却是伊，不知今日我，又屬後來誰".
"석일소운아，이금각시이，부지금일아，우속후래수".
人當作是觀，便可解却胸中견矣.
인당작시관，변가해각흉중견의.

인정과 세태는 갑자기 변하므로
지나치게 참된 것으로 알지 말라.
요부가 말했다.
"지난 날 내 것이라 하던 것이
오늘 오히려 다른 이의 것이 되었으니
오늘의 내 것이 뒷날 누구의 것이 될 것인가"
사람이 항상 이런 생각을 가진다면
가슴속 무거운 짐을 풀어놓을 수가 있다.

59. 역경에 처해도 열정을 잃지 말라

熱鬧中 , 著一冷眼 , 便省許多苦心事 .
열료중 , 저일냉안 , 변생허다고심사 .
冷落處 , 存一熱心 , 便得許多眞趣味 .
냉락처 , 존일열심 , 변득허다진취미 .

바쁘고 시끄러운 때라도
한번쯤 냉정한 눈으로 바라보게 되면
문득 많은 괴로운 마음을 덜 수 있다.
아무리 어려운 때라도
열정을 지니고만 있으면
문득 많은 참 취미를 얻을 수 있다.

60. 평범한 삶이 안락한 삶이다

有一樂境界，就有一不樂的相對等．
유일낙경계，취유일불락적상대등．
有一好光景，就有一不好的相乘除．
유일호광경，취유일불호적상승제．
只是尋常家飯 素位風光，재是個安樂的窩巢．
지시심상가반 소위풍광，재시개안락적와소．

한 곳에 즐거운 경지가 있으면
다른 한 곳에는 즐겁지 않은 경지가 있어
서로 상대를 이룬다.
좋은 광경이 있으면 또 하나의 나쁜 광경이 있어
서로 비교를 이룬다.
평범한 음식으로 벼슬도 권세도 없이 사는 것이
참으로 안락한 삶의 방식이다.

61. 자연과 나를 함께 잊는다

簾롱高敞，看靑山綠水呑吐雲煙，識乾坤之自在．
염롱고창，간청산녹수탄토운연，식건곤지자재．
竹樹扶疎，任乳燕鳴鳩送迎時序，知物我之兩忘．
죽수부소，임유연명구송영시서，지물아지양망．

발을 걷고 난간에 기대어
푸른 산이 구름을 토하고
푸른 물이 안개를 머금고 있음을 보면
천지가 자유자재함을 알 수 있다.
온갖 나무와 대숲 우거진 곳에
제비들 새끼치고 비둘기 울음 울어
세월을 맞고 보냄을 보면
사물과 나를 함께 잊을 수 있다.

62. 집착하지 마라

知成之必敗，則求成之心，不必太堅.
지성지필패，즉구성지심，불필태견.
知生之必死，則保生之道，不必過榮.
지생지필사，즉보생지도，불필과영.

이루어 놓은 것은
반드시 무너지게 되는 것을 안다면
이루려는 마음 지나치게 굳히지 않을 것이고
삶이란 반드시 죽는 것임을 안다면
삶을 보전하기 위해
지나치게 애태우지 않을 것이다.

63. 꽃은 져도 마음은 한가하다

古德云, "竹影掃階塵不動, 月輪穿沼水無痕".
고덕운, "죽영소계진부동, 월륜천소수무흔".
吾儒云, "水流任急, 境常靜, 花落雖頻, 意自閑".
오유운, "수류임급, 경상정, 화락수빈, 의자한".
人常持此意, 以應事接物, 身心何等自在?
인상지차의, 이응사접물, 신심하등자재?

옛 고승이 이르기를
"대나무 그림자 섬돌을 쓸어도 티끌은 움직이지 않고
달빛이 못물을 뚫어도 물 위에는 흔적이 없다"고
또 옛 선비가 이르기를
"흐르는 물이 아무리 빨라도 주위는 고요하고
꽃은 떨어져도 마음은 스스로 한가하다"고
항상 이러한 뜻을 가지고 사물을 본다면
몸과 마음이 얼마나 자유로울 것인가.

64. 자연을 관조하는 마음을 가져라

林間松韻 石上泉聲，靜裡聽來，識天地自然鳴佩.
임간송운 석상천성，정리청래，식천지자연명패.
草際烟光 水心雲影，閒中觀去，見乾坤最上文章.
초제연광 수심운영，한중관거，견건곤최상문장.

숲 사이 솔바람 소리와
돌 위의 샘물 소리도 고요히 듣다 보면
모두가 천지자연의 음악이고
풀섶의 안개빛과 물속의 구름 그림자도
한가롭게 들여다보면
천지의 으뜸가는 문장이다.

65. 사람의 욕망은 채우기 어렵다

安看西晉之荊榛，猶矜白刃．身屬北邙之狐兎，尙惜黃金．
안간서진지형진，유긍백인．신속북망지호토，상석황금．
語云，"猛獸易伏，人心難降．谿壑易滿，人心難滿" 信哉!
어운，"맹수이복，인심난항．계학이만，인심난만" 신재!

눈으로 서진의 가시밭을 보면서도
오히려 칼날의 푸른 서슬을 뽐내고,
몸은 북망산의 여우와 토끼 몫이건만
오히려 황금에 눈이 어둡다.
옛사람이 말했다.
"사나운 짐승은 길들이기 쉬워도
사람의 마음은 항복 받기 어렵고,
깊은 골짜기는 채우기 쉬워도
사람 마음은 채우기가 어렵다"고.
참으로 옳은 말이다.

66. 욕망을 죽이고 평정심을 지녀라

心地上，無風濤，隨在皆靑山綠水．
심지상，무풍도，수재개청산녹수．
性天中，有化育，觸處見魚躍鳶飛．
성천중，유화육，촉처견어약연비．

마음에 바람과 물결이 없으면
가는 곳마다 푸른 산과 푸른 물이다.
본성 속에 화육하는 기운이 있으면
이르는 곳마다 물고기 뛰고 솔개가 난다.

67. 본성에 맞게 자적하라

峨冠大帶之士,

아관대대지사,

一旦睹輕簑小笠,飄飄然逸也,未必不動其咨嗟.

일단도경기소립,표표연일야,미필부동기자차.

長筵廣席之豪,

장연광석지호,

一旦遇疏簾淨几,悠悠焉靜也,未必不增其권戀.

일단우소렴정궤,유유언정야,미필부증기권연.

人奈何驅以火牛,誘以風馬,而不思自適其性哉?

인내하구이화우,유이풍마,이불사자적기성재?

높은 관 쓰고 큰 띠 두른 선비도

한번쯤 가벼운 도롱이에 작은 삿갓 쓰고

표연히 편안한 이를 보게 되면

탄식하지 않을 수 없으리라.

넓고 큰 자리에 앉은 부자라도

한번쯤 성긴 발을 드리우고

깨끗한 책상 앞에서 유연히 고요한 이를 만나게 되면

그리운 마음이 일지 않을 수 없으리라.
사람들은 어찌하여 화우로 쫓고
풍마로써 꾀일 줄만 알고
스스로 그 본성에 맞게 자적할 줄은 모르는가.

68. 물고기는 물을 잊고 헤엄친다

魚得水逝，而相忘乎水．鳥乘風飛，而不知有風．
어득수서，이상망호수．조승풍비，이부지유풍．
識此，可以超物累，可以樂天機．
식차，가이초물루，가이낙천기．

물고기는 물을 얻어 헤엄을 치건만
물을 잊고 있으며
새는 바람 타고 날건만 바람이 있음을 모른다.
이를 알면 사물의 얽매임에서 벗어나게 되고
하늘의 묘한 작용을 즐길 수가 있다.

69. 성쇠와 강약은 따로 있지 않다

狐眠敗체 兎走荒臺，盡是當年歌舞之地．
호면패체 토주황대，진시당년가무지지．
露冷黃花 烟迷衰草，悉屬舊時爭戰之場．
노냉황화 연미쇠초，실속구시쟁전지장．
盛衰何常? 强弱安在? 念此，令人心灰．
성쇠하상? 강약안재? 염차，영인심회．

무너진 축대에 여우가 잠을 자고
황폐한 전각에 토끼가 뛰노는
여기가 한 때는 노래하고 춤추던 곳.
국화는 이슬에 싸늘하고
안개는 시든 풀에 감도는
여기가 한 때는 전쟁하던 곳.
성하고 쇠함이 어찌 항상 같으며
강하고 약함이 또 어디 따로 있겠는가.
생각이 여기에 미치면
사람의 마음은 재처럼 식는다.

70. 부나비는 어찌 촛불에 몸을 던지는가

寵辱不警 , 閒看庭前花開花落 .

총욕불경 , 한간정전화개화락 .

去留無意 , 漫隨天外雲卷雲舒 .

거류무의 , 만수천외운권운서 .

晴空朗月 , 何天不可고翔而飛蛾獨投夜燭?

청공낭월 , 하천불가고상이비아독투야촉?

淸泉綠卉 , 何物不可飮啄而치악偏嗜腐鼠?

청천녹훼 , 하물불가음탁이치악편기부서?

噫! 世之不爲飛蛾치악者幾何人哉?

희! 세지불위비아치악자기하인재?

영욕에 놀라지 않고

한가로이 뜰 앞에 피고 지는 꽃을 본다.

가고 머무름에 뜻이 없어

무심히 하늘 밖에 떠도는 구름을 바라본다.

하늘 맑고 달 밝으니 어디론들 못 날랴만

부나비는 어찌하여 촛불에 몸을 던지고

맑은 샘과 푸른 풀 먹고 마실 수 있건마는

올빼미는 굳이 썩은 쥐를 즐긴다.
아, 이 세상에 부나비와 올빼미 아닌 사람이
그 몇이나 될 것인가.

71. 뗏목에 오르면 뗏목 버릴 생각을 하라

纔就筏，便思舍筏，方是無事道人.
재취벌，변사사벌，방시무사도인.
若騎驢，又復覓驢，終爲不了禪師.
약기려，우부멱려，종위불료선사.

뗏목에 올라 곧 뗏목 버릴 생각을 한다면
이는 제대로 깨달은 도인이다.
만약 나귀를 타고 다시 또 나귀를 찾는다면
마침내 깨닫지 못하는 선사가 될 것이다.

72. 냉철한 눈과 마음으로 판단하라

權貴龍양 英雄虎戰 , 以冷眼視之 , 如蟻聚전 , 如蠅競血 .
권귀용양 영웅호전 , 이냉안시지 , 여의취전 , 여승경혈 .
是非蜂起 得失蝟興 , 以冷情當之 , 如冶化金 , 如湯消雲 .
시비봉기 득실위흥 , 이냉정당지 , 여야화금 , 여탕소운 .

권력 있는 사람이 용처럼 다투고
영웅호걸이 호랑이처럼 싸우는 것도
냉철한 눈으로 본다면
개미들이 비린내 나는 것에 모여드는 것과 같고
파리떼가 다투어 피를 빠는 것과 같다.
시비가 벌떼처럼 일어나고
이해득실이 고슴도치 털처럼 일어서는 것을
냉철한 마음으로 대한다면
풀무로 쇠를 녹이고
끓는 물로 눈을 녹이는 것과 같다.

73. 물욕에 빠진 삶은 애달프다

覊鎖於物欲，覺吾生之可哀．夷猶於性眞，覺吾生之可樂．
패소어물욕，각오생지가애．이유어성진，각오생지가락．
知其可哀，則塵情立破．知其可樂，則聖境自臻．
지기가애，즉진정입파．지기가락，즉성경자진．

물욕에 얽매이면
인간의 삶이 애달픈 것임을 깨닫게 되고,
본성에 따라 자적하면
인간의 삶이 즐거운 것임을 깨닫게 된다.
애달픈 것을 알면 세속의 욕망이 꺼질 것이고
즐거운 것을 알면
성인의 경지에 이를 수 있다.

74. 물욕이 없으면 집착도 없다

胸中，既無半點物欲，已如雪消爐焰 氷消日．
흉중，기무반점물욕，이여설소로염 빙소일．
眼前，自有一段空明，始見月在靑天 影在波．
안전，자유일단공명，시견월재청천 영재파．

가슴속에 반점의 물욕도 없다면
집착은 이미 눈덩이가 화롯불에 녹고
얼음이 햇볕에 녹는 것과 같다.
눈앞에 한 조각의 밝은 마음이 있다면
언제나 달은 푸른 하늘에 있고
그림자는 물결에 있음을 볼 수가 있다.

75. 시흥은 자연에서 일어난다

詩思在파陵橋上，微吟就，林岫便已浩然．
시사재파릉교상，미음취，임수변이호연．
野興在鏡湖曲邊，獨往時，山川自相映發．
야흥재경호곡변，독왕시，산천자상영발．

시상은 패릉교 위에 있으니
나직이 읊조리니 숲과 골짜기가 문득 호연해진다.
맑은 흥취는 경호 기슭에 있으니
혼자 거닐면 산과 시냇물이 서로 비춘다.

76. 먼저 핀 꽃은 먼저 시든다

伏久者，飛必高．開先者，謝獨早．
복구자，비필고．개선자，사독조．
知此，可以免등등之憂，可以消躁急之念．
지차，가이면층등지우，가이소조급지념．

오래 엎드려 있는 새는 반드시 높이 날고
먼저 핀 꽃은 홀로 일찍 시든다.
이것을 알면 발을 헛디딜 근심도 없을 것이고
조급한 마음도 사라지고 말 것이다.

77. 자손과 재물은 허망한 것이다

樹木至歸根，而後知花악枝葉之徒榮.
수목지귀근，이후지화악지엽지도영.
人事至蓋棺，而後知子女玉帛之無益.
인사지개관，이후지자녀옥백지무익.

나무는 무성한 잎이 져 뿌리만 남게 될 때에야
꽃과 잎새가 허망한 것임을 알게 되고
사람은 죽어서 관 뚜껑을 덮은 뒤에야
자손과 재물이 쓸데없는 것임을 알게 된다.

78. 어디에 있든 스스로 수양하기 나름이다

眞空，不空．執相非眞，破相亦非眞．
진공，불공．집상비진，파상역비진．
問世尊，如何發付?
문세존，여하발부?
"在世，出世．徇欲是苦，絶欲亦是苦"．聽吾제善自修持．
"재세，출세．순욕시고，절욕역시고"．청오제선자수지．

진공은 공이 아니니
형상에 집착함은 진실이 아니며
형상을 깨뜨리는 것도 진실이 아니다.
석가 세존께서는 무어라 하셨는가?
"속세에 있거나 출가해 있거나
욕망에 끌리는 것이 괴로움이며
욕망을 끊어버리는 것 또한 괴로움이라" 하셨다.
우리 스스로가 수양하기 나름이다.

79. 명예를 좋아함이나 이익을 찾음이나 같다

烈士讓千乘，貪夫爭一文．人品星淵也，而好名不殊好利．
열사양천승，탐부쟁일문．인품성연야，이호명불수호리．
天子營國家，乞人號饔손．位分소壤也，而焦思何異焦聲?
천자영국가，걸인호옹손．위분소양야，이초사하리초성?

의로운 선비는 천승의 나라를 사양하고
탐욕스런 사람은 한푼의 돈으로 다툰다.
인품이야 하늘과 땅의 차이지만
명예를 좋아함과 이익을 밝히는 것은 다를 것이 없다.
천자는 나라를 다스리기에 번뇌하고
거지는 음식을 얻기에 부르짖는다.
신분은 하늘과 땅의 차이지만
초조한 생각과 초조한 목소리는 다를 것이 없다.

80. 세상 변덕에 초연하라

飽암世味，一任覆雨번雲，總용開眼.
포암세미，일임복우번운，총용개안.
會盡人情，隨敎呼牛喚馬，只是點頭.
회진인정，수교호우환마，지시점두.

세상살이를 깊이 알면
비가 되든 눈이 되든 세상인정에 다 맡겨 버리고
눈뜨고 보는 것마저도 싫게 된다.
인정이 어떤 것인지 다 알고 나면
소라고 부르거나 말이라고 부르거나
부르는 대로 맡겨 버리고
그저 머리만 끄덕일 따름이다.

81. 무념에 드는 길은 현재에의 충실이다

今人專求無念，而終不可無．
금인전구무념，이종불가무．
只是前念不滯，後念不迎，
지시전념불체，후념불영，
但將現在的隨緣，打發得去，自然漸漸入無．
단장현재적수연，타발득거，자연점점입무．

오늘날 사람들은 오로지 무념을 구하지만
끝내 무념에 이르지는 못한다.
지난 생각에 마음두지 말고
앞으로의 생각을 미리하지 말며
현재에 있는 일만 하나하나 처리해 나가면
자연히 무념으로 들어갈 수 있다.

82. 마음은 일 없을 때 쾌적하다

意所偶會，便成佳境．物出天然，재見眞機．
의소우회，변성가경．물출천연，재견진기．
若加一分調停布置，趣味便減矣．
약가일분조정포치，취미변감의．
白氏云，"意隨無事適，風逐自然淸"，有味哉！其言之也！
백씨운，"의수무사적，풍축자연청"，유미재！기언지야！

우연히 뜻에 맞는 것이 아름다운 경지를 이루고
천연에서 나온 것이라야 참된 맛이 있다.
만약 조금이라도 배치를 고쳐 놓으면
그 맛은 곧 줄어든다.
백낙천이 말했다.
"마음은 일 없을 때가 쾌적하고
바람은 저절로 불어올 때 맑다"고
참으로 의미 있는 말이다.

83. 천성이 맑으면 심신이 편안하다

性天澄徹，卽饑식渴飮，無非康濟身心.
성천징철，즉기식갈음，무비강제신심.
心地沈迷，縱談禪演偈，總是播弄精魂.
심지침미，종담선연게，총시파롱정혼.

천성이 맑으면
배고플 때 먹고 목마를 때 마시는 모두가
심신을 편안하게 하지만
마음이 어두우면
선을 말하고 게송을 읊더라도
모두가 정신을 희롱하는 헛수고일 뿐이다.

84. 마음에는 하나의 참된 경지가 있다

人心有個眞景，非絲非竹而自恬愉，不烟不茗而自淸芬.
인심유개진경，비사비죽이자념유，불연불명이자청분.
須念淨境空，慮忘形釋，재得以游衍其中.
수념정경공，여망형석，재득이유연기중.

사람의 마음에는 하나의 참된 경지가 있어
거문고나 피리가 아니어도 절로 고요하고 즐거워지며,
향을 피우거나 차를 달이지 않더라도
스스로 맑은 향이 일어난다.
생각을 맑게 하고 마음을 비우며 육체를 잊어야
비로소 그 속에 노닐 수 있다.

85. 진리는 환상 속에서 구한다

金自鑛出，玉從石生．非幻，無以求眞．

금자광출，옥종석생．비환，무이구진．

道得酒中，仙遇花裡．雖雅，不能離俗．

도득주중，선우화리．수아，불능리속．

금은 광석에서 나오고 옥은 돌에서 생기듯이
환상이 아니면 진리를 구할 수 없다.
도를 술잔 속에서 얻고
신선을 꽃 속에서 만나는 것은
비록 멋있는 일이긴 하지만
속됨을 벗어난 것은 아니다.

86. 진리를 깨달으면 모두가 한결 같다

天地中萬物，人倫中萬情，世界中萬事，
천지중만물，인륜중만정，세계중만사，
以俗眼觀，紛紛各異．以道眼觀，種種是常．
이속안관，분분각이．이도안관，종종시상．
何煩分別? 何用取捨?
하번분별? 하용취사?

천지의 만물과 인륜의 온갖 정과 세계의 만사를
속인의 눈으로 보면
그 각각 다르지만
도를 깨달은 사람의 눈으로 보면
모두가 한결같으니
번거롭게 무엇을 취하고 버릴 것인가.

87. 모든 것은 정신과 생각에 달려 있다

神酣，布被窩中，得天地충和之氣．
신감，포피와중，득천지충화지기．
味足，藜羹飯後，識人生澹泊之眞．
미족，여갱반후，식인생담박지진．

정신이 넉넉하면
베 이불을 덮고도 천지의 화평한 생기를 얻고
입맛이 넉넉하면
명아주국에 밥을 먹고도
인생의 담백한 참맛을 안다.

88. 깨닫지 못하면 절간도 속세이다

纏脫只在自心 . 心了則屠肆糟店 , 居然淨土 .
전탈지재자심 . 심료즉도사조점 , 거연정사 .
不然 , 縱一琴一鶴 一花一卉 , 嗜好雖淸 , 魔障終在 .
불연 , 종일금일학 일화일훼 , 기호수청 , 마장종재 .
語云 , "能休 , 塵境爲眞境 . 未了 , 僧家是俗家" . 信夫!
어운 , "능휴 , 진경위진경 . 미료 , 승가시속가" . 신부!

세상일에 얽매이고 벗어남이
오직 자신의 마음에 달려 있으니
깨달은 마음이면 푸줏간도 술집도 정토가 되지만
그렇지 못하면 거문고와 학을 벗으로 하고
화초를 길러 그 즐김이 참으로 맑다 하여도
마귀의 방해에서 끝내 벗어날 수가 없다.
옛사람이 말했다.
"쉴 줄을 알면 속세도 진경이 되고
깨닫지 못하면 절간도 속세가 된다"고
참으로 옳은 말이다.

89. 온갖 시름을 다 버려라

斗室中, 萬慮都捐, 說甚畵棟飛雲 珠簾捲雨.
두실중, 만려도연, 설심화동비운 주렴권우.
三杯後, 一眞自得, 唯知素琴橫月 短笛吟風.
삼배후, 일진자득, 유지소금횡월 단적음풍.

좁은 방에서도 온갖 시름 다 버리면
'단청 올린 들보에 구름이 날고
구슬발 걷고서 내리는 비를 바라본다'는
말을 새삼 할 필요가 없다.
술 석잔 마신 후에 스스로 참마음을 얻는다면
거문고를 달빛 아래 비껴 타고
맑은 바람에 피리를 부는 것만으로 족하다.

90. 정신은 사물에 부딪혀 나타난다

萬뢰寂廖中, 忽聞一鳥弄聲, 便喚起許多幽趣.
만뢰적요중, 홀문일조농성, 변환기허다유취.
萬卉최剝後, 忽見一枝擢秀, 便觸動無限生機.
만훼최박후, 홀견일지탁수, 변촉동무한생기.
可見性天未常枯槁 機神最宜觸發.
가견성천미상고고 기신최의촉발.

만물의 소리가 적적한 가운데
홀연히 새 한 마리 우는 소리를 들으면
온갖 그윽한 정취가 일어나고
모든 초목이 시들어 잎 진 뒤에
홀연히 한 가지의 꽃이 피어난 것을 보면
무한한 삶의 기운이 샘솟는다.
보라, 마음은 항상 메마르지 않고
정신은 사물에 부딪쳐 나타나는 것을.

91. 자신을 제어할 수 있어야 한다

白氏云, "不如放身心, 冥然任天造",
백씨운, "불여방신심, 명연임천조",
晁氏云, "不如收身心, 凝然歸寂定".
조씨운, "불여수신심, 응연귀적정".
放者, 流爲猖狂. 收者, 入於枯寂.
방자, 유위창광. 수자, 입어고적.
唯善操身心的, 杷柄在手, 收放自如.
유선조신심적, 파병재수, 수방자여.

백낙천이 말하기를
"몸과 마음을 다 놓아 버리고
자연에 맡기는 것이 제일이다."
또 조보지가 말하기를
"마음과 몸을 잡아 움직이지 않고
조용히 적정으로 돌아가는 것이 제일이다." 라고.
놓아 버리면 넘쳐 미치광이가 될 것이고
잡아두면 메말라 생기가 없어진다.
오직 심신을 잘 가누기 위해서는
자루를 잡아 잡고 놓는 것이 자유로워야 한다.

92. 자연과 하나됨이 최고의 경지이다

當雪夜月天，心境便爾澄徹．
당설야월천，심경변이징철．
遇春風和氣，意界亦自충融．造化人心，混合無間．
우춘풍화기，의계역자충융．조화인심，혼합무간．

눈 내린 밤 달 밝은 하늘을 보면
어느덧 마음도 맑아지고
봄바람의 온화한 기운을 만나면
마음도 또한 부드러워져
이처럼 자연과 사람의 마음은
한데 어우러져 조금의 틈도 없다.

93. 꾸미지 않은 것이 아름답다

文以拙進，道以拙成．一拙字，有無限意味．

문이졸진，도이졸성．일졸자，유무한의미．

如桃源犬吠 桑間鷄鳴，何等淳龐?

여도원견폐 상간계명，하등순방?

至於寒潭之月 古木之鴉，工巧中，便覺有衰颯氣象矣．

지어한담지월 고목지아，공교중，변각유쇠삽기상의．

글은 꾸미지 않음으로써 나타나고
도는 꾸미지 않음으로써 이루어진다.
이 졸(拙)자 한 자에 무한한 뜻이 있으니
'복사꽃 핀 마을에서 개가 짖고
뽕나무밭에서 닭이 운다'고 하면 얼마나 순박한가?
그러나 '찬 연못에 달 비취고 고목에 까마귀 운다'고 하면
기교가 있어 보이기는 하지만
쓸쓸하고 가벼운 기상을 느끼게 된다.

94. 주체성을 가져라

以我轉物者，得固不喜，失亦不憂，大地盡屬逍遙．
이아전물자，득고불희，실역불우，대지진속소요．
以物役我者，逆固生憎，順亦生愛，一毛便生纏縛．
이물역아자，역고생증，순역생애，일모변생전박．

자신이 사물을 움직이게 하는 사람은
얻어도 기뻐하지 않고 잃어도 근심하지 않는다.
넓은 대지가 다 그가 노니는 곳이기 때문이다.
사물이 자신을 움직이게 하는 사람은
역경을 짐짓 미워하고 순탄한 길만을 좋아한다.
털끝 만한 일에도 얽매이기 때문이다.

95. 마음이 비면 외경도 비게 된다

理寂則事寂 . 遺事執理者 , 似去影留形 .
이적즉사적 . 유사집리자 , 사거영유형 .
心空則境空 . 去境存心者 , 如聚전却예 .
심공즉경공 . 거경존심자 , 여취전각예 .

도리가 쓸쓸하면 실사도 쓸쓸하다.
그렇다고 실사를 버리고 도리에 집착하는 것은
그림자를 버리고 형체만을 남겨 두려는 것과 같다.
마음이 비면 외경도 비게 된다.
그렇다고 경계를 버리고 마음만 지니려 하는 것은
마치 비린내나는 고깃덩이를 모아 놓고
모기를 쫓으려는 것과 같다.

96. 은자는 유유자적하는데 멋이 있다

幽人淸事，재在自適．故酒以不勸爲歡，棋以不爭爲勝，
유인청사，재재자적．고주이불권위환，기이부쟁위승，
笛以無腔爲適，琴以無絃爲高，
적이무강위적，금이무현위고，
會以不期約爲眞率，客以不迎送爲坦夷．
회이불기약위진솔，객이불영송위탄이．
若一牽文泥跡，便落塵世苦海矣．
약일견문니적，변락진세고해의．

은자의 맑은 흥취는 유유자적함에 있다.
술은 권하지 않음으로써 기쁨을 삼고
바둑은 다투지 않음으로써 이기는 것이며,
피리는 구멍이 없음을 좋게 여기고
거문고는 줄이 없음을 고상하게 여기며,
만남은 기약 없음을 참됨으로 삼고
손님은 마중과 배웅이 없으므로 편하다고 한다.
만약 한번이라도 겉치레에 이끌리고 형식에 얽매인다면
문득 속세의 고해에 떨어지고 만다.

97. 죽은 후의 모습을 생각해 보라

試思未生之前, 有何象貌, 又思既死之後, 作何景色,
시사미생지전, 유하상모, 우사기사지후, 작하경색,
則萬念灰冷, 一性寂然, 自可超物外遊象先.
즉만념회랭, 일성적연, 자가초물외유상선.

이 몸이 태어나기 전에는
어떤 모양이었을까를 생각해 보라.
또 이 몸이 죽은 뒤에는
어떤 모습이 될까 생각해 보라.
그러면 모든 생각이 타버린 재가되어
한 조각 본성만이 쓸쓸히 남아
만물 밖 절대의 경지에서 거닐게 되리라.

98. 삶에 대한 욕심이 죽음의 근본이다

遇病而後思强之爲寶，處亂而後思平之爲福，非蚤智也.
우병이후사강지위보，처란이후사평지위복，비조지야.
倖福而先知其爲禍之本，貪生而先知其爲死之因，其卓見乎!
행복이선지기위화지본，탐생이선지기위사지인，기탁견호!

병든 후에 건강이 보배임을 알고
전란 뒤에 평화가 복임을 안는 것은
선견지명이 아니다.
복을 바라는 것이 재앙의 근본이 되고
살고자 욕심내는 것이
죽음의 원인인 것을 안다면
그것이 뛰어난 식견이다.

99. 경기가 끝나면 승패는 없다

優人傳粉調주, 效姸醜於豪端, 俄而歌殘場罷, 姸醜何存?
우인전분조주, 효연추어호단, 아이가잔장파, 연추하존?
奕者爭先競後, 較雌雄於著子, 俄而局盡子收, 雌雄安在?
혁자쟁선경후, 교자웅어저자, 아이국진자수, 자웅안재?

배우가 분 바르고 연지 찍어
붓끝으로 아름다움을 나타내지만
노래가 끝나고 막이 내리면
아름답고 추함이 어디 있는가.
바둑 두는 사람이 앞뒤를 다투어
바둑돌로 승패를 겨루지만,
판이 끝나고 바둑돌을 치우면
이기는 지는 것이 어디에 있는가.

100. 고요하고 한가해야 자연의 참맛을 안다

風花之瀟쇄 雪月之空淸，唯靜者爲之主．
풍화지소쇄 설월지공청，유정자위지주．
水木之榮枯 竹石之消長，獨閑者操其權．
수목지영고 죽석지소장，독한자조기권．

바람과 꽃이 깨끗하고 눈과 달빛이 맑은 것은
오로지 고요한 마음 지닌 이의 것이고
물과 나무가 무성하고 마르는 것과
대나무와 돌이 자라고 사라지는 것은
오로지 한가로운 사람만의 것이다.

101. 천성대로 담백하게 살아야 한다

田夫野수 , 語以黃鷄白酒 , 則欣然喜 . 問以鼎食 , 則不知 .
전부야수 , 어이황계백주 , 즉흔연희 . 문이정식 , 즉부지 .
語以縕袍短褐 , 則油然樂 . 問以袞服 , 則不識 .
어이온포단갈 , 즉유연락 . 문이곤복 , 즉부식 .
其天全 , 故其欲淡 . 此是人生第一個境界 .
기천전 , 고기욕담 . 차시인생제일개경계 .

농사짓는 시골의 늙은이는
닭고기와 막걸리 이야기에 기뻐하지만
큰 연회의 고급 요리는 물어봐도 알지 못하고
무명 두루마기와 베잠방이 이야기에 좋아하지만
곤룡포는 물어 보아도 알지 못한다.
그것은 천성이 온전하고 욕망이 담백하기 때문이다.
이것이 인생 제일의 경지이다.

102. 망심이 없으면 관심도 필요 없다

心無其心，何有於觀? 釋氏曰"觀心"者，重增其障.
심무기심，하유어관? 석씨왈"관심"자，중증기장.
物本一物，何待於齊? 莊生曰"齊物"者，自剖其同.
물본일물，하대어제? 장생왈"제물"자，자부기동.

마음에 망녕된 생각이 없으면 관심은 필요 없다.
불교에서 이르는 '마음을 본다'는 말은
오히려 그 장해를 더할 뿐이다.
만물은 원래 한 가지인데
어찌 가지런하기를 바라겠는가.
장자가 말하는 '만물을 가지런히 한다'는 것은
똑같은 것을 짐짓 갈라놓을 뿐이다.

103. 떠나야 할 때를 알아야 한다

笙歌正濃處，便自拂衣長往，羨達人撒手懸崖．
생가정농처，변자불의장왕，선달인철수현애．
更漏已殘時，猶然夜行不休，소俗士沈身苦海．
갱누이잔시，유연야행불휴，소속사침신고해．

피리 불고 노래하여
한창 흥이 무르익은 곳에서
옷깃을 떨치고 자리를 뜨는 것은,
벼랑을 노니는 달인처럼 부러운 일이다.
시간이 다 지났는데 아직 밤길을 서성이는 것은
속된 선비가 몸을 고해에 담그는 것처럼 우스운 일이다.

104. 정신적 자유의 기틀을 길러라

把握未定，宜絶迹塵효，

파악미정，의절적진효，

使此心不見可欲而不亂，以澄吾靜體.

사차심불견가욕이불란，이징오정체.

操持旣堅，又當混跡風塵，

조지기견，우당혼적풍진，

使此心見可欲而亦不亂，以養吾圓氣.

사차심견가욕이역불란，이양오원기.

마음이 잡히지 않았으면
번잡한 곳에서 발길을 끊어야 한다.
마음이 욕심낼 것을 보지 못하게 하고
마음이 흐트러지지 않게 하여
내 마음의 본 바탕을 맑게 해야 한다.
마음을 이미 잡았으면
다시 그 번잡한 곳으로 들여 넣어
욕심낼 것을 보아도 어지럽지 않게 하여
원만한 마음의 기틀을 길러야 한다.

105. 시끄러움 속에서 고요함을 찾아라

喜寂厭喧者，往往避人以求靜.
희적염훤자，왕왕피인이구정.
不知意在無人，便成我相，心着於靜，便是動根，
부지의재무인，변성아상，심착어정，변시동근，
如何到得人我一視 動靜兩忘的境界?
여하도득인아일시 동정양망적경계?

고요함을 좋아하고 시끄러움을 싫어하는 사람은
사람을 피함으로써 고요함을 찾는다.
뜻이 사람 없음에 있으면
그것은 곧 자아에 집착하는 것이며
마음이 고요함에 집착하면
이것이 곧 움직임의 근본이 됨을 모르는 탓이다.
어찌 남과 나를 하나로 볼 수 있겠으며
움직임과 고요함을 둘 다 잊을 수 있겠는가?

106. 산에 살면 가슴이 맑고 깨끗하다

山居，胸次淸쇄，觸物皆有佳思．
산거，흉차청쇄，촉물개유가사．
見孤雲野鶴，而起超絶之思，遇石澗流泉，而動조雪之思，
견고운야학，이기초절지사，우석간류천，이동조설지사，
撫老檜寒梅，而勁節挺立，侶沙鷗미鹿，而機心頓忘．
무노회한매，이경절정립，여사구미록，이기심돈망．
若一走入塵환，無論物不相關，卽此身亦屬贅旒矣．
약일주입진환，무론물불상관，즉차신역속췌류의．

산속에 살면 가슴이 맑고 깨끗하여
대하는 사물마다 모두가 아름답다.
외로운 구름 한가로운 학을 보면 초절을 생각하고,
돌 틈에 흐르는 샘을 만나면 마음의 때를 씻는다.
늙은 전나무와 매화나무를 어루만지면서
굳센 기개를 일으키고
모래톱의 갈매기와 깊은 산 속 사슴을 벗하면
번거로운 마음을 잊어버린다.
그러나 한번 속세에 들게 되면

바깥 모든 사물과 상관하지 않더라도
이 몸은 어느새 부질없는 것이 된다.

107. 자연스럽게 살면 자연과 하나가 된다

興逐時來，芳草中，撤履間行，野鳥，忘機時作伴．
흥축시래，방초중，철리간행，야조，망기시작반．
景與心會，落花時，披襟兀坐，白雲，無語漫相留．
경여심회，낙화시，피금올좌，백운，무어만상류．

흥겨움이 때맞추어 일어나
맨발로 풀밭을 거닐게 되면
들새도 겁내지 않고 벗이 된다.
경치가 마음에 들어
꽃 지는 아래 옷깃 헤치고 앉게 되면
흰 구름도 말없이 다가와 머문다.

108. 조그만 생각의 차이로 화복이 갈린다

人生福境禍區 , 皆念想造成 .
인생복경화구 , 개념상조성 .
故釋氏云 , "利欲熾然 , 卽是火坑 . 貪愛沈溺 , 便爲苦海 .
고석씨운 , "이욕치연 , 즉시화갱 . 탐애침닉 , 변위고해 .
一念淸淨 , 熱焰成池 . 一念警覺 , 船登彼岸" .
일념청정 , 열염성지 . 일념경각 , 선등피안" .
念頭稍異 , 境界頓殊 , 可不愼哉?
염두초이 , 경계돈수 , 가불신재?

사람의 행복과 불행은 마음에서 이루어진다.
석가가 말했다.
"욕심이 타오르면 그것이 곧 불구덩이고
탐애에 빠지면 그것이 곧 고해가 된다.
한 생각이 깨끗하면 사나운 불꽃도 연못이 되고
한 마음이 깨달으면 배가 저 언덕으로 오를 수 있다"고.
생각이 조금만 달라도 경계는 크게 달라지니
어찌 삼가지 않을 수 있겠는가?

109. 물방울이 떨어져 바위를 뚫는다

繩鋸木斷, 水滴石穿. 學道者, 須加力索.
승거목단, 수적석천. 학도자, 수가력색.
水到渠成, 瓜熟체落. 得道者, 一任天機.
수도거성, 과숙체락. 득도자, 일임천기.

새끼줄로 톱질해도 나무가 잘라지고
물방울이 떨어져 돌을 뚫는다.
도를 배우는 사람은 모름지기 힘써 구하라.
물이 모이면 개천을 이루고
참외는 익으면 꼭지가 떨어진다.
도를 얻으려는 사람은
모든 것을 자연에 맡겨라.

110. 인간 세상이 고해만은 아니다

機息時, 便有月到風來, 不必苦海人世.
기식시, 변유월도풍래, 불필고해인세.
心遠處, 自無車塵馬迹, 何須痼疾丘山?
심원처, 자무차진마적, 하수고질구산?

마음을 쉬게 하면 달이 뜨고 바람이 부니
반드시 인간 세상 고해만은 아니다.
마음을 멀리하면
수레의 티끌과 말발굽소리 저절로 없어지니
어찌 산 속만 그리워하랴.

111. 잎이 지면 뿌리에서 싹이 돋는다

草木재零落，便露萌穎於根저 .
초목재영락，변로맹영어근저 .
時序雖凝寒，終回陽氣於飛灰 .
시서수응한，종회양기어비회 .
肅殺之中，生生之意常爲之主，卽是可以見天地之心 .
숙살지중，생생지의상위지주，즉시가이견천지지심 .

잎이 지면 뿌리에서 싹이 돋아나고
계절은 비록 엄동이지만
마침내 동지가 되면 봄기운이 감돈다.
죽음의 기운 가운데에도
항상 생성의 뜻이 앞서는 것
이것이 바로 천지의 마음이다.

112. 고요한 밤 종소리 맑고 높아라

雨餘，觀山色，景象便覺新姸.
우여，관산색，경상변각신연.
夜靜，聽鐘聲，音響尤爲淸越.
야정，청종성，음향우위청월.

비 개인 뒤의 산 빛을 보면
경치 더욱 새로우며
고요한 밤에 종소리를 들으면
그 소리는 더욱 맑고 높다.

113. 높은 곳에 오르면 마음이 넓어진다

登高，使人心曠．臨流，使人意遠．
등고，사인심광．임류，사인의원．
讀書於雨雪之夜，使人神淸．舒嘯於丘阜之嶺，使人興邁．
독서어우설지야，사인신청．서소어구부지령，사인흥매．

높은 곳에 오르면 마음이 넓어지고
시냇가에 서면 뜻이 멀어진다.
눈비 오는 밤에 책 읽으면 정신이 맑아지고
언덕에 올라 시 읊으면 흥취가 높아진다.

114. 마음이 넓으면 집착하지 않는다

心曠，則萬鍾如瓦缶.
심광，칙만종여와부.
心隘，則一髮似車輪.
심애，칙일발사차륜.

마음이 넓으면 만종도 질그릇 같고
마음이 좁으면
머리칼 한 올도 수레바퀴와 같다.

115. 욕망이 진리가 될 수도 있다

無風月花柳 , 不成造化 . 無情欲嗜好 , 不成心體 .
무풍월화류 , 불성조화 . 무정욕기호 , 불성심체 .
只以我轉物 , 不以物役我 , 則嗜欲莫非天機 , 卽是理境矣 .
지이아전물 , 불이물역아 , 즉기욕막비천기 , 즉시리경의 .

바람과 달과 꽃과 버들이 없으면
자연의 조화도 이루어지지 못하며
정욕과 기호가 없으면
마음의 본체도 이루어지지 못한다.
다만 나로 하여금 사물을 움직이게 하고
사물로 하여금 나를 움직이게 하지 않는다면
기호와 정욕도 하늘의 작용 아님이 없고
세상의 마음도 진리의 경계가 된다.

116. 세상에서 세상을 벗어날 수 있다

就一身了一身者，方能以萬物付萬物.
취일신료일신자，방능이만물부만물.
還天下於天下者，方能出世間於世間.
환천하어천하자，방능출세간어세간.

자신의 몸에 대하여
다 깨달은 사람은
만물을 만물에 맡길 수 있다.
천하를 천하에 돌려주는 사람은
세상에서 세상을 벗어날 수 있다.

117. 지나치게 바쁘면 본성이 숨는다

人生太閑，則別念竊生．太忙，則眞性不現．
인생태한，즉별념절생．태망，즉진성불현．
故士君子不可不抱身心之憂，亦不可不耽風月之趣．
고사군자불가불포신심지우，역불가불탐풍월지취．

사람이 지나치게 한가하면
쓸데없는 생각이 몰래 생겨나고
지나치게 바쁘면 본성이 나타나지 않는다.
군자는 심신의 근심을 지녀야 하며
풍월의 취미도 즐겨야 한다.

118. 마음은 움직여서 본성을 잃는다

人心多從動處失眞．若一念不生 澄然靜坐，
인심다종동처실진．약일념불생 징연정좌，
雲興而悠然共逝，雨滴而冷然俱淸，
운흥이유연공서，우적이냉연구청，
鳥啼而欣然有會，花落而瀟然自得．
조제이흔연유회，화락이소연자득．
何地非眞境? 何物非眞機?
하지비진경? 하물비진기?

사람의 마음은 움직여서 본성을 잃는다.
아무런 생각도 일으키지 않고
맑고 고요히 앉아 있으면
구름이 일면 유연히 함께 하고
빗방울 떨어지면 냉연히 맑아지며
새가 울면 흔연히 즐거워하고
꽃이 지면 뚜렷이 깨달을 수가 있다.
어느 곳인들 참된 경치가 아니고
어느 것인들 참된 작용이 아니겠는가.

119. 근심 없는 기쁨은 없다

子生而母危 , 강積而盜窺 , 何喜非憂也?
자생이모위 , 강적이도규 , 하희비우야?
貧可以節用 , 病可以保身 , 何憂非喜也?
빈가이절용 , 병가이보신 , 하우비희야?
故達人當順逆一視 , 而欣戚兩忘
고달인당순역일시 , 이흔척양망

자식이 태어날 때 어머니가 위태롭고
돈이 쌓이면 도둑이 엿보니
어느 기쁨이든 근심 아닌 것이 없다.
가난은 근검하여 절약하게 하고
병은 몸을 보호하게 한다.
어느 근심이든 기쁨 아닌 것이 없다.
통달한 사람은 순탄함과 어려움을 같이 보고
기쁨과 근심을 모두 잊는다.

120. 들은 것을 마음에 남기지 마라

耳根似표谷投響 . 過而不留 , 則是非俱謝 .
이근사표곡투향 . 과이불류 , 즉시비구사 .
心境如月池浸色 . 空而不著 , 則物我兩忘 .
심경여월지침색 . 공이불저 , 즉물아양망 .

귀는 세찬 바람이 계곡을 울리며 지나는 것처럼
바람이 지난 뒤 메아리가 남지 않게 하면
시비도 함께 사라진다.
마음은 밝은 달이 연못에 비치는 것처럼
비어서 어디에도 머물지 않게 하면
사물과 나를 모두 잊을 수 있다.

121. 사람은 스스로 마음에 고해를 만든다

世人爲榮利纏縛，動曰"塵世苦海"，
세인위영리전박，동왈"진세고해"，
不知雲白山靑 川行石立 花迎鳥笑 谷答樵謳.
부지운백산청 천행석립 화영조소 곡답초구.
世亦不塵，海亦不苦. 彼自塵苦其心爾.
세역부진，해역불고. 피자진고기심이.

세상 사람들은 영리에 얽매여서
걸핏하면 진세니 고해니 하지만
흰 구름과 푸른 산, 흐르는 냇물과 치솟은 바위,
꽃을 맞이하여 새가 웃으며
골짜기는 화답하고 나무꾼은 노래함을 모른다.
세상은 티끌도 괴로움의 바다도 아닌데
사람들은 스스로 자신의 마음을
티끌과 괴로움의 바다로 만들고 있다.

122. 꽃이든 술이든 지나치면 추악하다

花看半開, 酒飮微훈, 此中大有佳趣.
화간반개, 주음미훈, 차중대유가취.
若至爛漫모도, 便成惡境. 履盈滿者, 宜思之.
약지란만모도, 변성악경. 이영만자, 의사지.

꽃은 반쯤 핀 것을 보고
술은 조금만 취하게 마시면
참다운 아름다움이 그 속에 있다.
꽃이 활짝 피고 술에 흠뻑 취하게 되면
도리어 추악한 지경에 이르게 되니
가득 찬 상태에 있는 이는 생각할 일이다.

123. 인위적이지 않은 것이 좋다

山肴不受世間灌漑 , 野禽不受世間환養 , 其味皆香而且冽 .
산효불수세간관개 , 야금불수세간환양 , 기미개향이차열 .
吾人能不爲世法所點染 , 其臭味不逈然別乎?
오인능불위세법소점염 , 기취미불형연별호?

산나물은 가꾸지 않아도 스스로 자라고
들새는 기르지 않아도 스스로 살건만
그 맛은 모두 향기롭고 맑다.
사람도 세상의 법에 물들지 않으면
그 맛은 뛰어나게 다를 것이다.

124. 깨달음이 없으면 참맛도 없다

栽花種竹 玩鶴觀魚，又要有段自得處．

재화종죽 완학관어，우요유단자득처．

若徒留連光景 玩弄物華，

약도류연광경 완농물화，

亦吾儒之口耳 釋氏之頑空而已，何有佳趣?

역오유지구이 석씨지완공이이，하유가취?

꽃을 가꾸며 대나무를 심고

학과 놀고 물고기를 보는 것에도

한갓 깨달음이 있어야 한다.

만일 헛되이 눈앞의 광경에만 빠져

아름다움만을 즐긴다면

그것은 유학에서 말하는 구이지학이며

불교에서 말하는 완공일 뿐이다.

무슨 아름다운 풍취가 있겠는가?

125. 정신과 육체를 맑게 지켜라

山林之士，淸苦而逸趣自饒．
산림지사，청고이일취자요．
農野之夫，鄙略而天眞渾具．
농야지부，비략이천진혼구．
若一失身市井장會，不若轉死溝壑 神骨猶淸．
약일실신시정장회，불약전사구학 신골유청．

산 속에 사는 선비는 청빈하여
그윽한 맛이 저절로 풍기고
들에서 일하는 농부는 소박하여
천진한 모습을 그대로 지니고 있다.
만약 몸을 시장의 거간꾼으로 떨어뜨린다면
차라리 구렁텅이에 빠져 죽더라도
정신과 육체가 맑은 것만 못하다.

126. 지나친 복과 이득은 위험하다

非分之福 無故之獲 , 非造物之釣餌 , 卽人世之機정 .
비분지복 무고지획 , 비조물지조이 , 즉인세지기정 .
此處 , 著眼不高 , 鮮不墮彼術中矣 .
차처 , 저안불고 , 선불타피술중의 .

분수에 넘치는 복과 까닭 없는 이득은
조물주의 낚시 미끼가 아니면
인간 세상의 함정이다.
이런 때에 높은 곳을 분명히 보지 않으면
그 꾀임에 빠져들지 않을 사람이 없다.

127. 인생은 본래 꼭두각시놀음이다

人生原是一傀儡，只要根제在手．
인생원시일괴뢰，지요근체재수．
一絲不亂，卷舒自由 行止在我．
일사불란，권서자유 행지재아．
一毫不受他人提철，便超出此場中矣．
일호불수타인제철，변초출차장중의．

인생은 본래 꼭두각시놀음에 불과하다.
그러므로 근본을 잡고 있어야 한다.
한 가닥 줄도 헝클어짐이 없이
감고 푸는 것이 자유로워야
움직이고 멈추는 것이 나에게 있게 되어
털끝만큼도 남의 간섭을 받지 않고
이 놀이판에서 벗어날 수 있다.

128. 이로운 일이 있으면 해로움도 생긴다

一事起 , 則一害生 . 故天下常以無事爲福 .

일사기 , 즉일해생 . 고천하상이무사위복 .

讀前人詩云 , "勸君莫話封侯事 , 一將功成萬骨枯" .

독전인시운 , "권군막화봉후사 , 일장공성만골고" .

又云 , "天下常令萬事平 , 匣中不惜千年死" .

우운 , "천하상영만사평 , 궤중불석천년사" .

雖有雄心猛氣 , 不覺化爲氷霰矣 .

수유웅심맹기 , 부각화위빙산의 .

한 가지 이로운 일이 있으면

한 가지 해로움이 생긴다.

그러므로 천하는 일 없음으로 복을 삼는다.

옛사람이 시에서 말했다.

"그대여 제후에 봉해지는 일을 말하지 말게

한 장수의 공을 위해서 만 사람의 뼈가 마른다네."

다시 말했다.

" 천하가 항상 평화롭다면

칼집에서 천년을 썩어도 아깝지 않다."

영웅의 마음과 용맹스러운 기개가 있다해도
모르는 사이에 얼음처럼 사라질 수가 있다.

129. 음란한 여자도 극에 달하면 여승이 된다

淫奔之婦，矯而爲尼．熱中之人，激而入道．
음분지부，교이위니．열중지인，격이입도．
淸淨之門，常爲음邪淵藪也如此．
청정지문，상위음사연수야여차．

음란한 여자도 극에 다다르면 여승이 되고
명리에 열중하던 사람도 격해지면
스님이 되는 수가 있다.
깨끗한 불문이 음란과 사악의 소굴이 되는 것은
이와 같은 것이다.

130. 마음은 일밖에 초월하여 두어라

波浪兼天 , 舟中不知懼 , 而舟外者寒心 .
파랑겸천 , 주중부지구 , 이주외자한심 .
猖狂罵坐 , 席上不知警 , 而席外者사舌 .
창광매좌 , 석상부지경 , 이석외자사설 .
故君子 , 身雖在事中 , 心要超事外也 .
고군자 , 신수재사중 , 심요초사외야 .

파도가 하늘 높이 치솟을 때
배 안에 있는 사람은 두려움을 모르지만
배 밖에 있는 사람은 가슴이 서늘하다.
미치광이가 좌중에 욕설을 퍼부으면
그 자리에 있는 사람은 경계할 줄 모르지만
밖에 있는 사람은 혀를 찬다.
그러므로 군자는 몸은 비록 일 가운데 있더라도
마음은 초월하여 밖에 있어야 한다.

131. 말을 줄이면 허물이 적어진다

人生減省一分 , 便超脫一分 .

인생감생일분 , 변초탈일분 .

如交遊減 , 便免紛擾 . 言語減 , 便寡愆尤 .

여교유감 , 변면분요 . 언어감 , 변과건우 .

思慮減 , 則精神不耗 . 聰明減 , 則混沌可完 .

사려감 , 칙정신불모 . 총명감 , 칙혼돈가완 .

彼不求日減而求日增者 , 眞桎梏此生哉!

피불구일감이구일증자 , 진질곡차생재!

사람이란 무슨 일이든
하나를 줄이면 곧 하나를 초월한다.
사귐을 줄이면 시끄러움을 면하고
말을 줄이면 허물이 적어지며
생각을 줄이면 정신이 소모되지 않고
총명을 줄이면 본성을 보전할 수 있다.
사람들이 날로 줄이기를 원하지 않고
오직 더하기를 원하는 것은
스스로의 삶을 속박하는 것이다.

132. 마음속을 다스리는 것이 가장 어렵다

天運之寒暑易避，人生之炎凉難除.
천운지한서이피, 인생지염량난제.
人生之炎凉易除，吾心之氷炭難去.
인생지염량이제, 오심지빙탄난거.
去得此中之氷炭，則萬腔皆和氣，自隨地有春風矣.
거득차중지빙탄, 즉만강개화기, 자수지유춘풍의.

자연의 추위와 더위는 피하기 쉬워도
인간 세상 더위와 추위는 제거하기 어렵다.
인간 세상의 더위와 추위는 제거하기 쉬워도
마음속 추위와 더위는 제거하기가 어렵다.
내 마음의 추위와 더위 없애기만 한다면
온 몸이 화기로 가득 차서
가는 곳마다 저절로 봄바람이 불 것이다.

133. 욕심이 없으면 부족함도 없다

茶不求精，而壺亦不燥．酒不求冽，而樽亦不空．

차불구정，이호역부조．주불구열，이준역불공．

素琴無絃，而常調．短笛無腔，而自適．

소금무현，이상조．단적무강，이자적．

終難超越羲皇，亦可匹주稽阮．

종난초월희황，역가필주계원．

좋은 차만을 구하지 않으면

차 주전자 마르는 일이 없고

향기로운 술만 구하지 않으면

술 단지 또한 비는 일이 없다.

꾸밈없는 거문고는 줄이 없어도 고르고

짧은 피리는 구멍이 없어도 항상 즐겁다.

비록 복희씨보다는 못하더라도

죽림칠현과는 짝할 수 있다.

134. 인연에 따라 분수를 지켜 처신하라

釋氏隨緣 吾儒素位四字，是渡海的浮囊.
석씨수연 오유소위사자，시도해적부낭.
蓋世路茫茫，一念求全，則萬緒紛起.
개세로망망，일념구전，즉만서분기.
隨寓而安，則無入不得矣.
수우이안，칙무입부득의.

불교의 '수연'과 유교의 '소위' 네 글자는
바다를 건너는 공기주머니이다.
세상 길은 참으로 망망하여
일념으로 완전을 구한다면
만 가지 실마리가 일어난다.
경우 따라 마음을 편하게 하면
가는 곳마다 만족하지 못할 일이 없다.

지은이 정태성

미국 캘리포니아대학 물리학 박사
스위스 제네바대학 박사후연구원
한신대학교 교수(2008~현재)

저서:
Quantum Mechanics, Classical Mechanics, 우주의 기원과 진화, 과학의 위대한 순간들, 뉴턴과 근대과학 탄생의 비밀, 대학물리학, 대학물리학실험, 노벨상 나와라 뚝딱, 삶에는 답이 없다, 행복한 책 읽기, 행복은 여기에, 시는 내게로 다가와, 도덕경의 이해, 장자의 이해, 노벨 문학상을 읽으며, 보다 나은 자아를 위하여, 과학 그 너머, 과학으로의 산책, 길을 찾아서, 고전과 더불어, 한국교회 박해의 역사, 과학의 선구자들, 길은 어디에, 부모님 전상서, 중용과 더불어, 과학으로의 여행, 물리로 보는 세계, 절망의 자아를 딛고 서서, 짐노페디를 듣는 이유, 삶이 말해주는 것들, 오늘 행복하자, 영화가 말해주는 것들, 너에게 보내는 편지, 영어 고급 Vocaburary 연습 1, 2, 그대는 얼마나 오랫동안 불행 속에 있었나, 친구에게, 너는 아프지 않았으면 좋겠다, 별을 가슴에 묻고, 내가 옳지 않을 수 있으니, 영자신문으로 영어공부하기, 물리학으로의 초대, 위대한 과학자의 발자취를 따라서, 삶에 대한 단상, 나에게 이르는 길, 물리학의 숲에서, 영어 어휘력 연습, 명상을 하면서 깨달은 것들, 니체를 읽으며, 행복에 대한 소망, 혼자도 두렵지 않다, 위대한 물리학자들, 이네아스자, 마음을 돌아보며, 물리학으로의 산책, 문학 그리고 삶의 단면, 행복한 여행, 과학의 숲에서, 논어와 삶의 지혜

시집:
됨, 있음, 없음, 버림, 앎, 받아들임, 맡김, 떠남, 잃음, 슬퍼도 슬퍼하지 않는다, 별이 되어 만날까, 무명, 무한의 끝에서, 파랑, 밤하늘의 별

채근담과 더불어

초판 발행 2023년 8월 5일

지은이 정태성
펴낸이 도서출판 코스모스
펴낸곳 도서출판 코스모스
주소 충북 청주시 서원구 신율로 13
전화 043-234-7027
팩스 050-7535-7027

ISBN 979-11-91926-59-0

값 12,000원